智囊

第一卷

〔明〕冯梦龙 编著

李楠 编译

图书在版编目（CIP）数据

智囊/［明］冯梦龙著；李楠编译．—北京：北京工艺美术出版社，2019.4（2023.5重印）
（品读经典：双色线装）
ISBN 978-7-5140-1618-5

Ⅰ．①智…　Ⅱ．①冯…　②李…　Ⅲ．①笔记小说–小说集–中国–明代　Ⅳ．①I242.1

中国版本图书馆CIP数据核字（2018）第212402号

出 版 人：陈高潮
责任编辑：赵震环
装帧设计：书心瞬意
责任印制：王 卓
法律顾问：北京恒理律师事务所
丁 玲 张馨瑜

智囊

ZHI NANG

［明］冯梦龙 著　李楠 编译

出　版：北京工艺美术出版社
发　行：北京美联京工图书有限公司
地　址：北京市西城区北三环中路6号
京版大厦B座702室
邮　编：100124
电　话：（010）84255105（总编室）
（010）58572878（编辑室）
（010）64280045（发　行）
传　真：（010）64280045/84255105
网　址：www.gmcbs.cn
经　销：全国新华书店
印　刷：唐山楠萍印务有限公司
开　本：889毫米×1194毫米　1/16
印　张：40
版　次：2019年4月第1版
印　次：2023年5月第2次印刷
印　数：3001～6000
书　号：ISBN 978-7-5140-1618-5
定　价：380.00元（全四册）

前言

冯梦龙（1574—1646年），字犹龙，又字子犹、公鱼。号龙子犹、墨憨斋主人、顾曲散人、吴下词奴、姑苏词奴等。南直隶苏州府长洲县（今江苏省苏州市）人。明代文学家、思想家、戏曲家。

何为智慧？这个问题自然不可以一言而概之，因为智慧是复合的，既需要有过人的观察力，也需要深远的见识。既需要当断即断的决心，也要有孤注一掷的魄力。既需要沉着应对，也需要厚积薄发……凡此种种，不一而足。要成为一个拥有智慧的人，就要综合掌握这些能力。本书将智慧进行度量，在对各种因素阐释的同时，又为各位读者整理了许多相关的事例，使读者更加透彻地理解书中所提到的理论，同时也看到古人在智慧运用方面的高明之处。

本书分为政略智囊、政务智囊、言辩智囊、军事智囊、巾帼智囊、狡诈智囊六卷，每个智囊又分为若干卷，每卷都有不同要义，要义之后就是契合的具体事例。全书共二十八分卷，针对我们为人处世的各方面都做出了细致的分析。

第一卷为政略智囊，共包括十分卷，阐述的是为政之道，分为见大、远犹、通简、迎刃、知微、臆中、剖疑、经务、得情、诘奸，其中每卷都提出了不同的问题，针对为政提出了具体而全面的要求。卷中不仅总结出了为政之道的要点，也为我们举出了古代先贤应用的例子，使我们读起来有理有据，趣味横生。

第二卷为政务智囊，分为威克、识断、灵变、应卒、权奇、委蛇、谬数七分卷。与政略智囊比起来，政务智囊中提出的要点更加具体，也更加实用。以威慑人、能识善断、灵活多变、出奇制胜，读者在生活中也经常会用到这些方法处理日常事务。

第三卷为言辩智囊，分为权威、辩才、善言三分卷。顾名思义，此智囊中总结的是关于辩论的要点。此智囊中，立体化地考虑辩论一事，总结了辩论的种种因素，希望读者可以从中获益。

第四卷为军事智囊，分为不战、制胜、诡道、武案四分卷。本智囊中总结了战场取胜的要点，并且附上了著名的军事案例。希望将古代优秀将领那种『弹指间，樯橹灰飞烟灭』的智慧和悠然传递给读者。

第五卷为巾帼智囊，分为贤哲、雄略二分卷。本智囊撷取了古代优秀女子的事迹，加以分类，希望如书中所说，『嗟彼迷阳，假途闺教』，用这些女中豪杰的事迹，点醒世上庸碌众生。

第六卷为狡诈智囊，分为狡黠、小惠二分卷。性情方正者，人皆倾慕，然而却难成事，反而是那些不拘小节的人，做起事来得心应手，这就是书中所说的『英雄可以骗人，强盗也有其道。智慧能日益深沉，奸诈也会日益老练』。本书对这二者进行了论述，并且举出了许多有趣的例子，希望读者在会心一笑中得益。

目录

第一卷

政略智囊

通简卷三 七七

第二卷

政务智囊

第三卷

灵变卷十六

应卒卷十七

言辩智囊

敏悟卷十八

巾帼智囊

狡诈智囊

政略智囊

见大卷一

【导读】

本卷所记的故事主要说明为政之道。真正的智慧没有固定的法则可以遵循，而要根据不同的现实情况，真正的大智慧其实是『无心』而治的，并非只要周全考虑就能达到。别人看到小的方面，我能看到大的方面。齐国的华士确实高洁，鲁国的少正卯也确实聪明、学问渊博，但他们的行为对治理国家不利，所以太公望和孔子毫不犹豫地将他们处死了。像诸葛亮不轻易赦免宽宥人以求仁德的虚名，刘秀不惩罚格杀他的舍中儿的军务令祭遵，都是从国家大处着想。作为大臣，应该不记下人小过，而要善于发现、任用人才，像丙吉为驾车小吏求情，郭进宽免告发者，都表现了宽广的胸怀，赢得了下人的忠心。无论处理什么事务，都要权衡利弊及其轻重，诸生宿娼、效尹书判、失税私酿，都违反法律，然而从维护教化着想，对苦讦之奴、凌姑之妇、抗帅之卒给予严惩而宽免被告发者。像蔺相如、寇恂不与同列大臣为仇，曹彬、窦仪、张承业、古弼以国事为重，萧何不取金帛而收图书律令，董公劝刘邦以为义帝复仇名义收买人心，他们都是略小取大，富有政治胸怀的谋略者。

【原文】

一操一纵[①]，度越意表[②]；寻常[③]所惊，豪杰所了[④]。集《见大》[⑤]。

【注释】

①一操一纵：概指处理事情的不同方略。操，把持；纵，释舍。

②度越意表：超出意料。

③寻常：指才能、见识平常的人。

④了：明白。

⑤见大：由小而见大。

【译文】

上等智慧的人对事情的处置方略，往往出人意料；平常人感到惊讶的，豪杰之士却很明了。因此集《见大》卷。

姜太公诛杀华士　孔子处死少正卯

太公望①封于齐。齐有华士者，义不臣天子，不友诸侯，人称其贤。太公使人召之三，不至，命诛之。周公曰：『此齐之高士，奈何诛之？』太公曰：『夫不臣天子，不友诸侯，望犹得臣而友之乎？望不得臣而友之，是弃民②也；召之三不至，是逆民也。而旌之以为教首，使一国效之，望谁与为君乎？』

【梦龙评】齐所以无惰民，所以终不为弱国。韩非《五蠹》之论本此。

少正卯与孔子同时。孔子之门人三盈三虚③。孔子为大司寇，戮之于两观之下④。子贡进曰：『夫少正卯，鲁之闻人。夫子诛之，得无失乎？』孔子曰：『人有恶者五，而盗窃不与焉：一曰心达而险⑤，二曰行僻而坚，三曰言伪而辩，四曰记丑而博⑥，五曰顺非而泽⑦。此五者，有一于此，则不免于君子之诛，而少正卯兼之。此小人之桀雄也，不可以不诛也。』

【梦龙评】小人无过人之才，则不足以乱国。然使小人有才而肯受君子之驾驭，则又未尝无济于国，而君子亦必不概摈之矣。少正卯能煽惑孔门之弟子，直欲掩孔子而上之，可与同朝共事乎？孔子狠下手，不但为一时辩言乱政故，盖为后世以学术杀人者立防。华士虚名而无用，少正卯似有大用而实不可用。壬人佥士，凡明主能诛之；闻人高士，非大圣人不知其当诛也。唐萧瑶好奉佛，太宗令出家。玄宗开元六年，河南参军郑铣、阳丞郭仙舟投匦献诗。敕曰：『观其文理，乃崇道教，于时用不切事情，宜各从所好。』罢官度为道士。此等作用，亦与圣人暗合。如使佞佛者尽令出家，谄道者即为道士，则士大夫攻乎异端者息矣。

【注释】

①太公望：吕尚，名望，助周武王灭商，被封于齐，为齐国始祖，故称姜太公。

②弃民：不可教训应该抛弃的人。

③三盈三虚：指孔子的门徒多次被少正卯的讲学吸引走了。

④两观之下：指宫门之前。

⑤心达而险：内心通达明白却邪恶不正。

⑥记丑而博：记诵一些丑恶的东西而且十分博杂。

⑦顺非而泽：赞同错误的言行还进行润色。

【译文】

姜太公（吕尚，姜姓，一说字子牙。封于齐，有太公之称，俗称姜太公，亦作太公望）被周朝天子封在齐国做国君。齐国有一个人名叫华士。他立志不向周天子称臣，不和各诸侯国君主交往，人们都称赞他是位有道德的人。姜太公多次派人召请他，他一直不来，于是太公就下令把他杀掉。周公姬旦问姜太公说：『华士这个人是齐国一位志行高尚的贤人，你为什么要杀掉他呢？』姜太公回答说：『这种不向天子称臣、不和诸侯君主交往的人，我难道还指望他来向我称臣并和我交往吗？我不能让他来称臣、与我来往，那么这种人就是必须要抛弃掉的人。我多次召请他，他不来，那么这种人一定是个叛逆者。如果树立这样的人作为品德高尚的榜样，我还能指望和谁来一起拥戴天子呢？』

【梦龙评】这就是齐国没有懒惰的人、始终不沦为弱国的原因。韩非《五蠹》的学说就是以此为理论根据的。

少正卯是和孔子同时代的人。孔子多次学生满堂，但又多次被少正卯的讲学而吸引走光了。后来孔子担任了鲁国管理司法和治安的大司寇的官职，他就把少正卯抓起来，推到宫门前杀掉了。他的学生端木赐上前问道：『少正卯是鲁国很有名望的人，您把他杀掉，恐怕不够妥当吧？』孔子说：『人有五种不可饶恕的罪恶，而抢劫和盗窃还不算在其中：一种是很聪明，却又为人凶险；第二种是行为怪僻反常，却又顽冥不化；第三种是说话伪诈不实，却又巧言善辩；第四种是记写许多阴暗怪诞的事情，却能旁征博引；第五种是支持别人做坏事，并替他解释、辩白。人如果犯有这五种罪恶的其中一种，就一定要被国君杀掉。而少正卯兼有这所有的五种罪恶，是坏人中最凶恶者，绝不能不杀他！』

【梦龙评】小人没有过人的才能，就不足以乱国。假使有才能的小人肯受命于君子的指挥，也未尝对国家没有好处，而君子也必不会一概摒弃他们。

少正卯能煽动迷惑孔子的弟子，想要压过孔子而居其上，那么能和他同朝共事吗？孔子狠心下手，不仅是为了阻止当时以口才敏捷而扰乱政局的状况，也是对以后有人打着学术的幌子而从事破坏道德的行为加以防范。华而不实的人其实没有用，少正卯好像很有大用，而实际上不可用。空有口才却心术不正的小人，凡是贤明的君主都能杀他；名人或道德高尚的隐士，只有大圣人才知道他该不该杀。

唐朝萧瑶喜好拜佛，太宗命令他出家。玄宗开元六年，河南参军郑铣、阳丞郭仙舟献诗陈情，玄宗下诏：『观察诗中的义理，乃是在推崇道教，不符合现实社会的需求，当依其个人的喜好，免去官职做道士。』这种做法和圣人不谋而合。假使嗜好佛、道的人都命令他们出家或做道士，那么士大夫研读散布异端玄学的风气就可以消除了。

诸葛亮吝于宽赦

有言诸葛丞相惜赦者，亮答曰：『治世以大德，不以小惠，故匡衡[①]、吴汉[②]不愿为赦。先帝[③]亦言：吾周旋陈元方、郑康成间，每见启告，治乱之道悉矣，曾不及赦也。若刘景升[④]父子岁岁赦宥，何益于治乎？』及费祎[⑤]为政，始事姑息，蜀遂以削。

【梦龙评】子产[⑥]谓子太叔[⑦]曰：『唯有德者，能以宽服民；其次莫如猛。夫火烈，民望而畏之，故鲜死焉。水懦弱，民狎而玩之，则多死焉。故宽难。』太叔为政，不忍猛而宽。于是郑国多盗，太叔悔之。

仲尼曰：『政宽则民慢，慢则纠之以猛；猛则民残，残则施之以宽。宽以济猛，猛以济宽，政是以和。』商君⑧刑及弃灰，过于猛者也。梁武⑨见死刑辄涕泣而纵之，过于宽者也。《论语》⑩赦小过，《春秋》讥肆大眚，合之，得政之和矣。

【注释】

①匡衡：字稚圭，西汉元帝时任丞相，封东安侯。

②吴汉：字子颜，东汉初南阳宛县人，后归刘秀，官至大司马，封广平侯。

③先帝：就是刘备，三国时蜀汉的开国皇帝。

④刘景升：指刘表，字景升，东汉末山阳高平人。

⑤费祎（yī）：字文伟，三国时江夏鄳县（今河南罗山西）人。历任蜀汉的黄门侍郎、中护军、尚书令、大将军等职，之后被曹魏降将郭循所杀害。

⑥子产：名侨，字子产，春秋时郑贵族子国之子，郑简公时任相，实行改革，有利于农业生产。

⑦子太叔：游氏，名吉，春秋郑定公时，代子产执政。

⑧商君：商鞅，秦孝公时任左庶长，实行变法，由此奠定了秦国富强的基础，封于商。因用法太严，得罪了秦贵族，被贵族杀害，车裂而死。

⑨梁武：梁武帝萧衍，字叔达，南兰陵人，南朝梁的建立者。

⑩《论语》：儒家经典之一，今本系东汉郑玄所辑，共二十篇，是孔子弟子及其再传弟子关于孔子言行的记录。

【译文】

有人批评丞相诸葛亮是个不肯宽赦他人过错的人。诸葛亮回答说：『治理国家应实施大的德行，不应靠施以小恩小惠来笼络人心。所以西汉元帝时的匡衡和东汉光武帝时的吴汉在治理国家时都不认为赦罪是件好事。先帝曾说过：「我曾与陈纪（字元方）、郑玄（字康成）交往，从与他们的交谈中，可以明了天下兴衰治乱的道理，但他们从没有说过大赦罪犯也是治国之道。」像刘景升父子年年都大赦罪犯，但对治理国家又有什么好处呢？』费祎主政时，采用姑息宽赦的策略，蜀汉的国势也因此逐渐削弱不振。

【梦龙评】春秋时郑国的子产执政，他对子太叔讲：『只有具有大德行的人，才采用宽容的方法来治理人民；次一等的治理方法就是严厉和猛烈。火猛烈，人们见了就害怕，水看似平静而又柔弱，人们轻视它，喜欢接近它，因而往往有人因戏水而被淹死，所以用宽容的方法治理国家更加困难。』后来太叔执政时，不忍采用严厉猛烈的方法，而采用宽容的方法治国，于是郑国的强盗土匪十分猖獗，太叔很后悔。

孔子说：『政策过于宽容，百姓就容易轻慢无礼，这时就要用严厉猛烈的方法来纠正；政策过于严厉，百姓就有可能受到伤害，这时就要实施宽容的政策。用宽容来调和严厉猛烈，用严厉猛烈来调和宽容，只有这样才能做到人事通达、政风和谐。』商鞅治理国家刑罚都施加于乱倒垃圾的人，这种治理方法太过于严厉猛烈；梁武帝看见死刑犯就痛哭不已，并流着眼泪将罪犯释放了，这样做又过于宽容。《论语》有『宽赦小过错』则讥讽对犯罪的人实行宽赦，如果能将这二者调和得宜，就可求得政通人和。

子贡尚不能说服农夫

孔子行游，马逸食稼。野人①怒，絷其马。子贡往说之，果词而不得。孔子曰：『夫以人之所不能听说人，譬②以太牢享野兽，以《九韶》乐飞鸟也。』乃使马圉③往，谓野人曰：『子不耕于东海，予不游西海也，吾马安得不犯子之稼？』野人大喜，解马而予④之。

【梦龙评】人各以类相通，述《诗》《书》⑤于野人之前，此腐儒之所以误国也。马圉之说诚善，假使出子贡之口，野人仍不从。何则？文质殊貌，其神固已离矣。然则孔子曷不即遣马圉，而听子贡之往耶？先遣马圉，则子贡之心不服；既屈子贡，而马圉之神始至。圣人达人之情，故能尽人之用。后世以文法束人，以资格限人，又以兼长望人，天下事岂有济乎！

【注释】

①野人：郊外务农的人。

②譬：比如。

③马圉：养马的奴仆。

④予：还。

⑤《诗》《书》：《诗经》和《尚书》，都是儒家经典。《诗经》为中国最早的诗歌总集，成于春秋时代，分为『风』『雅』『颂』三大类，共三百零五篇，大多是周初至春秋中叶的民间诗歌。《尚书》为中国上古历史文件和部分追述古代事迹著作的汇编，相传由孔子编选而成。

【译文】

一次，孔子坐车出游时，他的马挣脱缰绳而跑开，啃吃路边的庄稼。这块田地的农夫很恼怒，扣住这匹马不放。孔子的弟子端木子贡（名赐）上前去解劝，说尽了好话也没有结果。孔子说：『这种村野之人听不明白别人讲大道理的情形，就好比是用敬神的供品去让野兽享用，以高雅的《九韶》乐曲去使飞鸟快乐一样不起作用。』就又派他的马夫前去对这个农夫说：『你从未离家到东海边去耕作，我也不曾到过西方来，但两地的庄稼却长得一模一样，马儿怎么知道那是你的庄稼而不能偷吃呢？』一句话把农夫说得大笑起来，解开马还给了马夫。

【梦龙评】物以类聚，人以群分，在农夫面前谈论诗书，这是迂腐的读书人所以误国的根本原因啊。马夫的话虽然有理，但这番话若出自子贡之口，农夫仍然不会接受。为什么呢？因为子贡和农夫两人在学识、修养方面相差太远，他们彼此已心存距离。然而孔子为什么不先命马夫前去，而任凭子贡前去索要马呢？如果先派马夫前去，子贡一定不服，如此一来，不但子贡心中无怨言，也使马夫有了表现的机会。圣人能够通达人情事理，所以他能够做到发挥每个人的才能和作用。后世人常以礼教和法规来束缚人，以资格大小来限制人，又以兼有所长来要求人，这样天下事怎么能办得好呢？

郭隗招纳天下士

燕昭王①问为国。郭隗②曰：『帝者之臣，师也；王者之臣，友也；伯者之臣，宾也；危国之臣，帅也。唯王所择。』燕王曰：『寡人愿学而无师。』郭隗曰：『王诚欲兴道，隗请为天下士开路。』于是燕王为隗改筑宫，北面事之。不三年，苏子[3]自周往，邹衍[4]自齐往，乐毅[5]自赵往，屈景自楚归。

【梦龙评】郭隗明于致士之术，便有休休大臣气象，不愧为人主师。

汉高[6]封雍齿而功臣息喙，先主礼许靖[7]而蜀士归心，皆予之以名，收之以实。

【注释】

①燕昭王：战国时燕国的国君，名职。

②郭隗（wéi）：就是战国时燕国大臣。

③苏子：苏秦，字季子，战国东周洛阳人，是当时著名的纵横家。

④邹衍：就是驺衍，战国末期齐国人，为当时著名的哲学家、阴阳家。

⑤乐毅：战国末期灵寿人，长于兵术，后燕昭王拜其为大将。

⑥汉高：就是汉高祖刘邦，字季，秦末沛丰邑中阳里（今属江苏省）人，西汉王朝的建立者。

⑦许靖：字文体，东汉末期汝南郡平舆县（今河南平舆）人，历任三国时蜀汉的左将军、太傅、司徒等职。

【译文】

战国燕昭王有一次向臣属征询治国之道。大臣郭隗奏道：『能够称帝的国君是把大臣当作老师对待，能够为王的国君是把大臣当作朋友对待，能够建立霸业的国君是把大臣当作宾客对待，而那些走向危亡的国君只是把大臣当作带兵冲杀的将领使用。大王，这几种情况任凭您选择吧！』燕昭王说：『寡人很愿意向大臣们学习，可是没有可做老师的人啊。』郭隗便说：『大王如果真的想施行称帝兴国的方略，我愿意为天下的读书人开路。』于是，昭王就为郭隗重新建造了府第，在朝堂上让郭隗坐在居北的尊位上，而自己坐南面朝北，把郭隗奉为老师来对待。这样，不到三年的时间，苏秦从周国而来，邹衍（战国时齐人）从齐国前来效命，乐毅（战国时燕人）从赵国而来，屈景从楚国而来。

【梦龙评】郭隗深明招揽贤才的方法，颇有广纳天下之士的大臣风度，不愧为一代帝王之师。

汉高祖刘邦封自己所恨却有功的雍齿为侯，平息了其他未及受封的功臣心中的怨气；刘备礼遇许靖，使蜀国上下人人心悦诚服。这都是给那些有识之士以名誉，从而换来了实利。

魏元忠用贼防盗

唐高宗幸东都①时，关中饥馑②。上虑道路多草窃，命监察御史魏元忠检校车驾前后。元忠受诏，即阅视赤县狱，得盗一人，神采语言异于众。命释桎梏③，袭④冠带，乘驿以从，与人共食宿，托以诘⑤盗。其人笑而许之，比及东都，士马万数，不亡一钱。

【梦龙评】因材任能，盗皆作使。俗儒以『鸡鸣狗盗⑥之雄』笑田文，不知尔时舍鸡鸣狗盗都用不着也。

【注释】

①东都：唐朝定洛阳为东都。

②饥馑（jǐn）：饥荒。

③桎梏（zhì gù）：枷锁。

④袭：整理

⑤诘：防范。

⑥鸡鸣狗盗：据《史记·孟尝君列传》中所载：战国时，齐国的孟尝君在秦国被扣留，他的一个门客装狗夜入秦宫，偷出早已献给秦王的狐裘，转献给秦王的一个爱妾，使孟尝君得以释放；随后又靠另一个门客装鸡叫，骗开了函谷关的城门，使他们得以逃回齐国。后人就用『鸡鸣狗盗』比喻不足称道的卑下的技能。

【译文】

唐高宗驾临东都洛阳时，关中正在发生饥荒。高宗害怕路上会遭强盗，就命令监察御史魏元忠检查车驾所途经的路线。魏元忠受命后，马上巡视赤县监狱，找到一名盗犯，言谈举止都不同于常人。魏元忠让狱卒打开他的手铐、脚镣，让他整理衣冠，乘车跟随在后面，并跟他一起生活起居。然后请他去防备盗贼，此人笑着应许。等高宗车驾到达洛阳后，随行兵马多达万余人，但竟不曾丢失一文钱。

【梦龙评】依据人的才能去任用他，强盗都可以作为使者。一般学者用鸡鸣狗盗取笑田文所用的食客，却不知道当时除了鸡鸣狗盗之徒，其他人都派不上用场。

范仲淹任用贬官

范文正公[①]用士，多取气节而略细故[②]，如孙威敏、滕达道[③]，皆所素重。其为帅日，辟置僚幕客，多取谪籍[④]未牵复[⑤]人。或疑之，公曰：『人有才能而无过，朝廷自应用之。若其实有可用之材，不幸陷于吏议，不因事起之，遂为废人矣。』故公所举多得士。

【梦龙评】天下无废人，所以朝廷无废事，非大识见人不及此。

【注释】

①范文正公：范仲淹，谥文正。

②略细故：不计较小过失。

③孙威敏、滕达道：孙沔，字元规，威敏为其谥。跌荡自放，不守士节，然才勇过人，累官左正言，论议刚直。三知庆州，边人服其能。皇祐四年，与狄青共率兵破平侬智高。滕元发，字达道，宋神宗时官御史中丞，除翰林院学士，知开封府。论议刚直，言无文饰，被贬居筠州。哲宗时镇真定、太原，威行西北，号称名帅。

④谪籍：指被贬斥废用的官吏。

⑤牵复：平反复职。

【译文】

范文正公（范仲淹）任用文人，一向注重人品而不拘小节，比如孙威敏、滕达道等人都深受尊重。他所任用的文书助理，都是一些被贬官而还没有复职的人员。有人觉得很奇怪，文正公说：『有才能而没有过错的人，朝廷一定会任用他们。至于那些不幸被官吏处罚的可用之才，如不趁机起用他们，就要变成没用的人了。』文正公麾下拥有很多有才能的人。

【梦龙评】天下没有被废弃的人，朝廷就没有旷废的职事。不是非常有见识的人，是做不到这一点的。

徐存斋督察学政

徐存斋[1]由翰林[2]督学浙中，时年未三十。一士子文中用『颜苦孔之卓』[3]。徐勒之，批云『杜撰』，置四等。此生将领责，执卷请曰：『大宗师[4]见教诚当，但「苦孔之卓」出扬子《法言》[5]，实非生员杜撰也。』徐起立曰：『本道侥幸太早，未尝学问，今承教多矣。』改置一等。一时翕然[6]，称其雅量。

【梦龙评】不吝改过，即此便知名宰相器识。闻万历初年有士作『怨慕章[7]』一题，中用『为舜也父者，为舜也母者[8]』句，为文宗[9]抑置四等，批『不通』字。此士自陈文法，出在《檀弓》[10]。文宗大怒曰：『偏你读《檀弓》！』更置五等。人之度量相越，何啻千里！

宋艺祖尝以事怒周翰，将杖之。翰自言：『臣负天下才名，受杖不雅。』帝遂释之。古来圣主名臣，断无使性遂非者。

又闻徐公在浙时，有二生争贡，哗于堂下，公阅卷自若。已而有二生逊贡，哗于堂下，公亦阅卷自若。顷之，召而谓曰：『我不欲使人争，亦不能使人让，诸生未读教条乎？连本道亦在教条中，做不得主，诸生但照教条行事而已。』由是争让皆息。公之持大体皆此类。

【注释】

①徐存斋：即徐阶，字子升，存斋为其号。

②翰（hàn）林：官名，唐玄宗最先设置，先是皇帝的文学侍从官，后职掌撰拟机要秘书，明清两代从进士中选拔。

③颜苦孔之卓：颜回：孔子的学生；卓：高超。意为颜回苦于理解孔子高超的学说。

④大宗师：科举时代称学政为大宗师。

⑤扬子《法言》：扬子，就是扬雄，字子云，蜀郡成都（今属四川省）人，西汉著名的文学家、哲学家。扬子《法言》系扬雄模拟《论语》体裁而写的一部著作，共十三卷。

⑥翕（xī）然：和聚、和乐貌。

⑦怨慕：出于《孟子·万章上》，意为怨恨而又思慕。

⑧为舜也父者，为舜也母者：舜既像父亲，又像母亲。

⑨文宗：明清称学政为文宗，亦泛指试官。

⑩《檀弓》：《礼记》里的篇名，由于首章有檀弓句，记檀弓事，故名。今本《礼记》似无『为舜也父者，为舜也母者』这句话。

【译文】

徐存斋以翰林的身份到浙江提督学政，执掌全省文化教育之事时，还不到三十岁。有一个秀才的文章中用了『颜苦孔之卓』的句子，徐存斋把这句话用笔画出来，并加上批语说：『杜撰。』将这篇文章列入了第四等。这个秀才将要由此领受责罚，他拿着卷子请示徐存斋说：『大宗师教导实在是应当的，但「苦孔之卓」这句话出自扬雄的《法言》之中，确实不是学生的杜撰。』徐公听罢赶快站进来说：『本学道侥幸成名太早，没有好好地做学问，现在承受到你的指教太多了。』并随即把这人的文章改置为第一等。一时间，这件事就传开了，人们都赞扬徐很有宽宏的气度。

【梦龙评】不吝于改过，是名宰相的气度。听说万历初年有一书生作《怨慕声》这个题目，文中引用『为舜也父者，为舜也母者』一句，被主考官抑制在第四等，评为『不通』。此生自己陈述道：文句的做法出自《礼记·檀弓》。主考官很生气地说：『只有你读过《檀弓》吗？』又改为五等。人的度量，相差千里。

宋太祖曾因事生赵师民的气，要处他杖刑。赵师民自己说他享有天下才士的美名，接受杖刑实在不雅，太祖就释放了他。自古以来的圣主名臣，绝无做错事仍任性一路错到底的。

又听说徐公在浙江的时候，有两个书生为争取贡生的位置，在公堂下吵闹；徐公则专注地阅卷，不为所动；不久，又有两个书生为了推让贡生的位置，在公堂下吵闹，徐公也不为所动。过了一会儿，徐公把他们都叫到面前，说：『我不希望有人争夺，也不想有人相让，诸位没有读过学规吗？连本座的职权也定在学规里，做不了主的，诸位只需按学规行事就好了。』于是争让的事件才平息，徐公的作风一向如此。

【梦龙评】李西平带着妓女同行，被节度使张延赏追回，而形成两人的隔阂；赵清献治理清城，离职时带着妓女回去；胡铨贬官海外侥幸生还，而依然思恋着黎倩。美人情妇，连贤者都避免不了，用这种事来评断读书人，那么杰出的读书人就很少了。

宋朝韩亿个性方正稳重，担任尚书右丞，每次见到各地方有检举官吏细小过失的，往往很不高兴，说：『当今天下太平，圣明的君主仁慈宽厚，虽是草木昆虫都想使之各得其所。一般做官的人，最大的愿望是做到公卿；其次也希望做个侍从，当个中等的职务。怎么能因为轻微的过错使他在太平盛世一筹莫展呢？』屠先生正有这种用意。

狄青带涅任将军

狄青①起行伍十余年，既贵显，面涅②犹存，曰：『留以劝军中③！』

【梦龙评】即不去面涅，使知不肯遥附梁公④。

【注释】

①狄青：北宋名将，出身行伍，任延州指挥使时，为范仲淹、尹洙所赏拔。勇而善谋，以功擢升至枢密使。卒谥武襄。

②面涅（niè）：面上刺字。

③留以劝军中：鼓励士卒，只要努力作战立功，就能由士兵升为统帅。

④不肯遥附梁公：狄仁杰，唐初名相，封梁国公。古时一些新贵常常攀附前代名臣将相为自己祖先。而狄青不屑如此做。

【译文】

宋朝名将狄青出身行伍，十余年后才发达起来，然而脸上受墨刑染黑的痕迹一直留着，天子劝他除掉，他说：『留下来能鼓励军中的士卒奋发向上。』

【梦龙评】就不除去脸上黑字这件事来看，便可知狄青绝不肯接受他人劝告，遥奉唐朝名臣狄仁杰为自己的祖先。

宋熙宁规劝旧友

熙宁中，新法方行，州县骚然。邵康节[1]闲居林下[2]，门生故旧仕宦者皆欲投劾而归，以书问康节。答曰：『正贤者所当尽力之时。新法固严，能宽一分，则民受一分之赐也矣。投劾而去何益？』

【梦龙评】李燔朱晦庵弟子常言：『人不必待仕宦有职事才为功业，但随力到处，有以及物，即功业也。』莲池大师劝人做善事，或辞以无力，大师指凳曰：『假如此凳，攲斜[3]碍路，吾为整之，亦一善也。』如此存心，便觉临难投劾者亦是宝山空回[4]。

鲜于侁为利州路转运副使[5]，部民不请青苗钱[6]。王安石遣吏诘[7]之，曰：『青苗之法，愿取则与。民自不愿，岂能强之！』东坡称侁『上不害法，中不废亲，下不伤民』，以为『三难』。仕途当以为法。

【注释】

①邵康节：邵雍，字尧夫，谥康节。

②闲居林下：隐居在山林间。

③攲（qī）斜：歪斜，倾斜。

④宝山空回：宝山，蕴藏聚积着宝物的山，进入宝山却空手而归。

⑤鲜于侁（shēn）：字子骏，北宋阆州（今四川阆中）人，举进士，宋神宗时累官利州路转运判官。升副使，兼提举常平，后知陈州卒。利州路：古路名，治所在兴元府（今陕西汉中），辖境在今四川营山南部以北。转运副使：官名，协助转运使，掌一路或几路的财赋，兼理边防、治安、钱粮、巡察等事，为州府以上的行政长官。

⑥青苗钱：宋时王安石立法，当青黄不接之际，官府贷钱于民。

⑦诘：责问。

【译文】

北宋神宗熙宁年间，王安石刚刚开始推行新法，各州各县都骚动不满起来。大理学家邵雍（1011—1077年），字尧夫，卒谥康节）隐居在山林间，他的学生和朋友凡在朝中做官者都想上书辞官而回。他们写信征求邵康的意见。他回信说：『现在正是贤明的人为国为民尽力的时候。新法固然很严厉，能宽松一分，那么老百姓就能受到一分的好处了。你们上书辞官走掉，又有什么益处呢？』

【梦龙评】李燔常常对别人讲，不能等到取得官职才建功立业；只要随处尽力，服务人群，就是功业。莲池大师劝人做善事，有人以无能为力推辞，大师指着凳子说：『如果这张凳子倾斜阻碍通路，我把它摆正，也是一件善事啊！』有这种存心，便会觉得面临困难时辞去官职，好像进入宝山而一无所得。

鲜于侁任利州路转运副使，有些农民不申请青苗钱，王安石派官吏来质问，鲜于侁回答说：『青苗法规定：愿意申请的人民就贷给他，不愿意的怎能勉强呢？』苏东坡先生称赞鲜于侁对上不妨害法令，居中不舍弃亲人，对下又不伤害人民，这是三件困难的工作，做官的人应多效法。

杨士奇施惠于徐奇

广东布政[1]徐奇入觐[2]，载岭南藤簟，将以馈廷臣。逻者[3]获其单目以进，上视之，无杨士奇[4]名，乃独召之，问故。士奇曰：『奇自都给事中[5]受命赴广时，众皆作诗文赠行，故有此馈。臣时有病，无所作，不然，亦不免。今众名虽具，受否未可知。且物甚微，当以无他。』上意解，即以单目付中官⑥令毁之，一无所问。

宋真宗时，有上书言宫禁⑦事者。上怒，籍⑧其家，得朝士所与往还占问吉凶之说，欲付御史问状。王旦⑨自取尝所占问之书进，请并付狱。上意浸解，公遂至中书，悉焚所得书。已而上悔，复驰取之。公对：『已焚讫。』乃止。此事与文贞相类，都是舍身救物。

【梦龙评】此单一焚而逻者丧气，省缙绅⑩中许多祸，且使人主无疑大臣之心。所全甚大，无智名，实大智也，岂唯厚道！

【注释】

①布政：明代分全国为十三布政使司，为管辖一方州府的高级行政机构，其长官为布政使，简称布政。

②入觐：入朝觐见天子。

③逻者：明代设厂卫特务机关，上至王宫大臣，下至百姓，均行侦伺。逻者即此机关所置暗探。

④杨士奇：明初大臣，英宗时进少师。善知人，能奖拔寒士，居官廉能。与杨浦、杨荣共掌朝政，时号『三杨』。

⑤都给事中：官名，即六科都给事中。给事中分吏、户、礼、兵、刑、工六科，掌侍从规谏，极差六部。都给事中为其长官。

⑥中官：宦官。

⑦宫禁：指皇帝居住的地方。

⑧籍：籍没、查抄。

⑨王旦：宋真宗时知枢密院，进太保，军国重事，皆预参决。卒封魏国公，谥文正。

⑩缙绅：插笏于带间。古时仕宦官者垂绅缙笏，故以缙绅为士大夫之代称。

【译文】

明朝广东布政使徐奇将上朝拜见皇帝，带来一些岭南的藤席要赠送给朝中的大臣们。刺探情况的人先得到一份受礼的名单呈给皇帝，皇帝发现名单上没有杨士奇的名字，就召见士奇询问原因。

杨士奇说：『徐奇受命到广东上任时，朝中众臣都作诗为他送行，所以得到这份赠礼。臣当时生病没有作诗，否则也免不了进入名单之内。如今众人的姓名都已列入名单，可是接受与否还不知道，而且礼物不太贵重，应当没有什么可疑。』

皇帝明白他的意思，就把名单交给宦官，下令烧毁，全部不予追究。

宋真宗时，有官员上书谈论宫廷中的事。真宗特别生气，将他抄家，又得知朝中大臣和他交往，其中有占卜吉凶的言辞，想交给御史审问。王旦拿着自己占卜的卦辞，呈上一并调查，此时真宗的心意已没有这么坚决，王旦就到中书省，把所有的资料全部烧了。后来真宗后悔，又要追查，王旦回禀已经烧了，方才作罢。这件事与杨士奇的行为相似，都是牺牲自己，成全别人。

【梦龙评】这名单一烧，告密的人好不丧气，却免除了许多官员的祸害，而且使君主不再有怀疑臣子的心，保全了多数官员的名节。杨士奇此举，虽没有智者的名誉，但实际是大智慧的表现，岂止是厚道而已？

鲁宗道办事不欺君

宋鲁宗道[①]字贯夫，亳州人。为谕德[②]日，真宗尝有所召，使者及门，宗道不在，移时乃自仁和肆[③]饮归。中使先入，与约曰：『上若怪公来迟，当托何事以对？』宗道曰：『但以实告。』曰：『然则当得罪。』宗道曰：『饮酒，人之常情；欺君，臣子之大罪。』中使如公对。真宗问公：『何故私入酒家？』公谢曰：『臣家贫，无器皿，酒肆具备。适有乡亲远来，遂邀之饮。然臣既易服，市人亦无识臣者。』真宗笑曰：『卿为宫臣[④]，恐为御史所弹。』然自此奇公，以为真实可大用。

【注释】

①鲁宗道：仁宗时官至参知政事，骨鲠刚直，不避贵戚，人称为『鱼头参政』。

②谕德：官名，东宫官属，主管对太子的讽谏规劝。

③仁和肆：汴梁市坊名。

④宫臣：皇后、太子官属均称宫臣。

【译文】

北宋鲁宗道在东宫任谕德官的时候，有一次宋真宗要召见他议事。可是派来传旨的太监到他家中时，鲁宗道不在家，一直等了一个时辰他才从仁和酒家喝酒归来。到了宫中，太监要先进去禀报，就给他打招呼说：『皇上如果怪罪鲁公为何来得这么迟慢，该找个什么理由回答呢？』鲁宗道说：『就以实情相告吧！』太监说：『那么鲁公就获罪了。』鲁宗道说：『喝点酒是人之常情，欺蒙君王就是做人臣的大罪过了。』太监进殿按鲁宗道的意思如实向皇上禀奏。宋真宗责问鲁公说：『为何私自去酒店饮酒？』鲁公奏禀说：『臣家中贫穷，没有招待客人的酒具，而酒店里这些家什样样俱全。今天碰巧有乡亲远道而来，臣就请他到酒店喝酒。然而，臣去的时候已经换了便衣，市民谁也不认识臣。』真宗笑着说：『卿是宫中大臣，这种事恐怕要被御史弹劾了。』可是从此以后，皇上认为鲁公与众不同，忠诚老实可以重用。

李渊论功行赏

李渊①克②霍邑。行赏时，军吏拟奴应募，不得与良人同。渊曰：『矢石之间，不辨贵贱；论勋之际，何有等差？宜并从本勋授。』引见霍邑吏民，劳赏如西河，选其壮丁，使从军。关中军士欲归者，并授五品散官，遣归。或谏以官太滥，渊曰：『隋氏③吝惜勋赏，致失人心，奈何④效之？且收众以官，不胜于用兵乎？』

【注释】

①李渊：唐高祖。

②克：攻击。

③隋氏：指隋朝。

④奈何：怎么能够。

【译文】

唐高祖李渊自太原反隋起兵，第一仗就攻下霍县（今属山西）城。在论功行赏时，军中幕僚提议，那些奴仆出身从军的人不能和良家子弟按同样标准行赏。李渊说：『枪林箭石之中拼搏，不分什么贵贱，今天论功行赏的时候，为什么要有等级差别？应该一样地按本人的战功大小受赏。』他还大批接见霍县的官吏民众，像在路过西河郡（治所在今山西临汾）时那样，大行犒劳赏赐，从县中选拔壮丁，召他们参军。关中籍的将士，想回家的，都封他们为五品散官，送他们回去。有人谏阻说，这种封官方法太草率了。李渊说：『隋朝杨氏不肯多授勋行赏，以致失去民心，我们为什么要走他们的老路呢？况且，我用官职来收取民众之心，不比用兵打仗强多了吗？』

陛下非时不登楼

开宝①三年，刘温叟②为御史中丞。一日晚过明德门③，帝方与黄门④数人登楼。温叟知之，令传呼依常而过。翌日请对，言：『人主非时登楼，则下必希望恩赏。臣所以呵道而过，欲示众以陛下非时不登楼也。』帝善之。

【注释】

①开宝：宋太祖赵匡胤的年号，指968—975年。

②刘温叟：字永龄，曾仕后唐、后晋、后周，入宋后，官至御史中丞，兼判吏部。

③明德门：宋代皇帝正宫之门，一般只有遇到朝廷大典，皇帝才登此楼。

④黄门：黄门侍郎，古官名，侍从皇帝、传达诏命的宦官。

【译文】

宋太祖开宝三年，刘温叟任职御史中丞。有一天晚上他经过明德门时，见太祖皇帝和几名宦官正要登楼，刘温叟知道了就传令侍卫照常吆喝而过。第二天刘温叟请求见天子说：『皇上在不该登楼的时间上楼，下面的侍从希望得到赏赐。臣之所以在通道上吆喝而过，是要告诉众人，陛下是不会在不该登楼的时间登楼的。』太祖听后觉得他做得很对。

钦若知节吵闹遭革职

王钦若①、马知节②同在枢府③，一日上前因事忿争。上召王旦至，则见钦若喧哗不已，马则涕泣曰：『愿与钦若同下御史府。』旦乃叱钦若下去。上怒甚，欲下之狱。旦从容曰：『钦若等恃陛下顾遇之厚，上烦陛下。臣冠宰府，当行朝典，然观陛下天颜不怡，愿且还内，来日取旨。』上许之。旦退，召钦若等切责，皆皇惧，手疏待罪。翌日，上召旦曰：『王钦若等事如何处分？』旦曰：『臣晓夕思之，钦若等当黜，然未知使伏何罪？』上曰：『对朕忿争无礼。』旦曰：『陛下圣明在御，而使大臣坐忿争无礼之罪，恐夷狄④闻之，无以威远。』上曰：『卿意如何？』对曰：『愿至中书，召钦若等，宣示陛下含容之意，且戒约之。俟少间，罢之未晚。』上曰：『非卿言，朕固难忍。』后数月，钦若等皆罢。

【注释】

①王钦若：北宋奸臣。官至司空、门下侍郎、同平章事。智数过人，善迎合帝意。性倾巧，敢为矫诬。招权纳贿，谮挤寇准出外。

②马知节：宋真宗时累拜宣徽南院使、枢密副使。遇事敢言。时王钦若为枢密使，知节薄其为人，每廷议，未尝少屈。终彰德军留后，知贝州。

③枢府：枢密院。

④御史府：掌纠弹丞相以下百官过失。

【译文】

王钦若、马知节同任职于枢密院。有一天，两人在皇帝面前因事争吵起来。皇帝传王旦进殿，王旦看见王钦若不停地喧哗，马知节则哭着说：『希望和王钦若一同到御史府受审。』王旦命令王钦若下去。皇帝很生气，想将他们治罪下狱。王旦不慌不忙地说：『王钦若等人仗着陛下对他们优厚的待遇，来冒犯陛下。臣作为宰相，理当按照朝廷的典章对他们进行处罚。然而现在陛下心中不愉快，请先回宫休息，改天我再来领旨。』皇帝答应了。王旦退下后，就召王钦若等人加以责备，他们都很惶恐，亲手写奏书认罪，等着受处罚。第二天，皇帝召见王旦说：『王钦若等人的事要怎样处分？』王旦回答说：『微臣日思夜想，王钦若等应当革职，但不知道该定他们什么罪。』皇帝说：『对朕争吵无礼啊！』王旦说：『陛下圣明在朝，而让大臣以争吵无礼之罪受罚，万一夷狄知道这件事，会有损皇上的威严。』皇帝说：『你的意思如何？』王旦回答说：『希望让微臣到中书省，召见王钦若等人，宣示陛下包含容忍的心意，训诫约束他们，等过一阵子再将他们罢官革职也不迟。』皇帝说：『如果不是你这样说，朕实在难以容忍。』过了几个月后，王钦若等人都被罢了官。

彭时中状元险遭捉拿

正统①中，宗伯胡濙②一日早朝承旨，跪起，带解落地，从容拾系之，遂叩头还班，御史亦不能纠。

十三年，彭鸣中状元，当上表谢恩之夕，坐以待旦。至四鼓，乃隐几③而寐，竟失朝。纠仪御史奏，令锦衣卫拿。已奉旨，胡公出班奏：『状元彭鸣不到，合④着锦衣卫寻。』上是之。不然，一新状元遂被拘执如囚人，斯文不雅观。老成举措，自得大体。

【注释】

①正统：明英宗朱祁镇的年号，指1436—1449年。

②宗伯：官名，本为古代六卿之一，掌邦国祭事典礼，后来为礼部之职，故称礼部尚书为宗伯。胡濙（yíng）：字源洁，直隶武进县人，举庚辰进士，擢兵科给事中，后官累太子太傅、礼部尚书等。

③隐几：倚着几案。

④合：应该。

【译文】

明英宗正统年间，一天早朝时礼部尚书胡濙上前跪下承接圣旨，站起来时，衣带脱落掉在了地上。他不慌不忙地拾起衣带系到身上，才叩头返回序列中。负责监察的御史也未能纠住他什么过失。正统十三年（1448年），彭鸣中了状元，在要上表谢恩的头天晚上，坐在房中等待天亮。到四更天，却倚着几案睡着了，竟然错过了上朝的时辰。纠察朝仪的御史奏议，要皇上下令给锦衣卫捉拿彭鸣。锦衣卫已经领到圣旨，这时胡公出班奏道：『状元彭鸣没有到，应该让锦衣卫去找一找他。』皇上认为他的意见好，于是改捉拿为寻找。不然的话，一个新科状元竟然像犯人一样被逮捕而来，对于读书人来说太难堪了。胡濙这一稳当的举措，自然是很妥善得体。

玩弄法令遭斩杀

柳公绰①节度山东，行部至邓②，吏有纳贿、舞文③，二人同系。县令闻公绰素持法，必杀贪者。公绰判曰：『赃吏犯法，法在；奸吏坏法，法亡！』竟诛舞文者。

【梦龙评】天伦、王法，两者持世之大端。彪舍贼寇而案杀子，公绰置赃吏而诛舞文，此种识力，于以感化贼盗赃吏有余矣。若丙吉不问道旁死人而问牛喘④，未免失之迂腐。

【注释】

①柳公绰：唐宪宗时官吏部尚书，文宗时官河东节度使。为大书法家柳公权之兄。

②行部至邓：行部，巡视所属郡县。邓，今河南邓州市。

③舞文：玩弄法律条文以行奸诈。

④丙吉不问道旁死人而问牛喘：丙吉为丞相，常出外，见道中群斗者死伤横道。吉过之不问。前行，逢人逐牛，牛喘吐舌。吉驻车使人问：『逐牛行几里矣？』掾史怪丞相前后失问，吉曰：『民斗相杀伤，为长安令、京兆尹所管问。宰相不亲小事，不当问。方春，未可大热而牛喘，此时节失序。三公典调阴阳，正所当忧，故问之。』

【译文】

唐朝人柳公绰任山东节度使。一次，他巡视到邓县，县里有两个官员同时被捕入狱，一个是接受贿赂一个是玩弄法令，听说柳公绰一向依法办案，心想他肯定杀掉贪污的人，柳公绰判决却是：『收取贿赂的官吏触犯法令，但法律还在；奸邪的官吏破坏法令，法律就灭亡了。』竟杀了那个玩弄法令的官员。

【梦龙评】天伦和王法，这二者是维系社会秩序的两大支柱。贾彪放过盗贼而办理杀子的妇人，柳公绰轻罚贪污官吏而杀死玩弄法令的人，这种见识和魄力，对感化盗贼和贪官绰绰有余。像丙吉那样不理会路边的死人，而去过问受累的耕牛，与贾、柳二公相比，未免失之迂腐。

季本违抗巡按令

季本①，初仕为建宁府推官②，值宸濠③反江西，王文成公方发兵讨之。而建有分水关④，自江入闽道也。本请于所司，身往守之。会巡按御史某以科场事檄郡守与本并入。守以书趣本，本复书曰：『建宁所恃者，唯吾两人。兵家事在呼吸，而科场往返动计四旬。今江西胜负未可知，土寇生发叵测。微吾二人，其谁与守？即幸而无事，当此之际，使试录列吾两人名，传播远迩⑤，将以为不知所重，贻笑⑥多矣。拒违按院之命，孰与误国家事哉！』守深服其言，竟不往。

【梦龙评】科场美事，人方争而得之，谁肯舍甘就苦？选事避难，睹此当愧汗矣！

【注释】

①季本：字明德，号彭山，古明绍兴府会稽县人，明武宗正德进士，除建宁推官，征授御史。

②建宁：府名，在今福建建瓯以北的建溪流域及寿宁、周宁两县地。推官：官名，明时各府置一名推官，专管一府刑狱，俗称刑厅。

③宸濠：即朱宸濠，明宗室，袭封宁王。

④分水关：又名大关，在福建崇安西北分水岭上，接江西铅山县界，当时为闽、赣交通的要冲。

⑤远迩（ěr）：远近。
⑥贻（yí）笑：贻笑大方，被有见识者嗤笑。

【译文】

明正德年间季本（字明德，号彭山，会稽人。正德进士，累官至长沙知府）。第一次做官时任建宁府（治所在今福建建瓯）推官。当时宁王朱宸濠叛乱，王守仁正在发兵讨伐他。而建宁府有一重要的关隘——分水关，是江西入福建的必经之路。季本请求长官亲自去防守。就在这时候，一个巡按御史通知建宁太守和季本一齐去南京参加考试。太守写了一封信催促季本回来去参加考试，季本回信说：『建宁府所能依恃的，只有我们两个人。军势的变化就在瞬息之间，而往返科场考试要四十来天。现在江西方面胜负未知，土匪如何活动也不可猜测。没有我们两个，建宁交给谁去守卫？就是侥幸没有出事，在此关键时刻我们离开，即使试名录上有我们的名字，传播开去，也将被人们认为我们不懂事情轻重，留给别人许多笑柄啊，违背巡按御史的命令和耽误国家大事相比哪个更要紧呢！』太守深深佩服他的这话，最后没有去参加科举考试。

【梦龙评】协办科举考场的任务是一件美差，别人正想极力争取，谁想舍弃甜美而去吃苦？遇事避重就轻的人看了，应当羞愧。

【评鉴】

无论为政还是处事，都应从大处着想，全面衡量。比如用人，『尺有所短，寸有所长』，有眼光者善于发现优点，任以合适的职位，既避免了人才的浪费，又可赢得被用者的感激和忠诚。至于宽宥下人的过失，不仅不加惩罚，而且委以重任，则更需要一定的胸怀和胆识，非一般人所能做到，所以冯梦龙感叹『寻常所悟，豪杰所了』。像奸臣秦桧不加罪于模仿他笔迹的士人且帮其得官，所以成为一代奸雄；金兀术不杀小卒之妻，不愧为胡虏中豪杰。当然，为政者要胸怀国家，不计私利，又要有非凡的智慧才能做到既秉公执法，又顾全大局，所以冯梦龙说：『舍其细而全其大，非弘智不能。』

远犹卷二

【导读】

本卷收集了古人深谋远虑的故事。商王小乙让其子武丁与百姓同劳作，以知农之劳苦，为将来登王位、治理国家做准备，可谓谋之深远。宋太祖赵匡胤登基后不逐拒不开门的陈桥门守卫而杀开门接纳的封丘门守卫；元朝的何真将出卖主子王成的奴仆处死，都是惩叛励忠，为自己将来着想的远谋。宋太祖杯酒释兵权，消除了藩镇割据的隐患；西晋皇帝不听侍御史郭钦严申华夷之别的建议，才有后来的五胡作乱的局面。北宋的陈恕不向宋真宗呈报中央和地方的钱粮数目，以免年轻的皇上生奢侈之心；宰相李沆日取四方水旱、盗贼及不孝恶逆之事上奏皇帝，使之知四方艰难，以免留意声色、土木、甲兵之事；明代的刘大夏藏匿下西洋的有关文牒以绝英宗向外洋求宝玩之念，藏以前征安南的文牍以避免战火对西南地区的破坏，都富有政治远见。唐代的崔群辞连署、辞密揭，北宋的富弼辞例外赐，都为国家的将来着想，表现了非凡的远见和胸襟。至如孔子责备端木赐不受赏、称许仲由救落小者而受其牛，宓子贱宁让麦子落入齐寇之手也不允许百姓收获而生幸取之心，所见更为深远。范仲淹不诛知军晁仲约，李升保留节信，韩雄保留宁王弟之举报书，程颢不与术士结交，都因远见而全身免祸。

【原文】

谋之不远，是用大简①；人我迭居②，吉凶环转；老成借筹③，宁深毋浅④。集《远犹》⑤。

【注释】

①「谋之不远」是用大简：语出《诗经》，但「谋」作「犹（猷）」，义同。简，通「谏」。此句意谓：谋略而无远见，故而我极力来规劝。

②人我迭居：富贵贫贱的地位总是互相转换。

③老成借筹：老成，此处意指老练成熟的人。借筹，秦末楚汉相争，郦食其劝刘邦立六国后代，共同攻楚。邦方食，张良入见，以为计不可行，说：「臣请借前箸（筷子）为大王筹之。」后来便用「借箸」代指策划形势。借筹意同。

④宁深毋浅：推测形势的发展，宁可考虑得深远，不要失之浅近。

⑤远犹：语出《左传》成公八年。犹，谋划。通「猷」。

【译文】

谋略不够深远，就容易流于轻率；人我的地位会更迭，吉凶祸福可能交替循环；因此，老成人一旦筹划谋略，都考虑深远而不只顾眼前。集此为「远犹」卷，即深谋远虑也。

张昭训储之法

商高宗①为太子时，其父小乙尝使久居民间，与小民出入同事，以知其情。

【梦龙评】太祖教谕太子，必命备历农家，观其居处、服食、器用，使知农之劳苦。洪武[2]末选秀才，随春坊官分班入直，近前说民间利害等事。成祖[3]巡行北京，使二皇长孙周行村落，历观农桑之事。谕教者宜以为法。

张昭[4]先逮事唐明宗。明宗诸皇子竞侈汰。昭疏训储之法，略云：『陛下诸子，宜各置师傅，令折节师事之。一日中但令止记一事，一岁之内，所记渐多，则每月终，令师傅共录奏闻。俟皇子上谒，陛下辄面问，倘十中得五，便可博识安危之故，深究成败之理。』明宗不能用。

【梦龙评】此可为万世训储之法，胜如讲经说书，作秀才学问也。

【注释】

①商高宗：武丁帝，商代贤王之一。

②洪武：即明太祖朱元璋的年号。

③成祖：即明成祖朱棣，1403—1424年在位。

④张昭：字潜夫，北宋初范县人，博通学术，供职于后唐晋汉周，宋初拜吏部尚书，封郑国公。

【译文】

商高宗武丁在做太子时，他的父亲商王小乙曾经让他在民间住过很长时间，让他和老百姓们一同出入干活，使他了解民情。

【梦龙评】明太祖教诲太子，一定要他去经历农家生活，观察百姓的饮食起居，让太子知晓农家的劳苦。洪武末年选秀才，太子随着自己属下的官吏分组到太祖面前，报告民间疾苦。成祖巡视北京，命两个皇室长孙去巡行村落，观察农桑之事。职司民政教化的人应对此多加效防才是。

五代张昭，最初任职于后唐明宗朝。明宗李嗣源的几个儿子比着奢侈腐化。张昭向明宗上书谈训教太子的办法，大略是说：『陛下的各位皇子，应该每人都配置师傅，并要求皇子们降低辈分尊重师长。命令他们每天记载一件事，一年之内所记的事就会逐渐多起来。那么，每月月底诏师傅们把所记的事情汇总奏禀陛下知道。等皇子们进宫谒见时，陛下就可以当面向皇子们提问所奏事情。倘若十件事中他们回答出五件，便能够广泛了解国家安危的缘故，深刻认识功业成效的道理了。』可惜明宗没有采纳他的建议。

【梦龙评】这是万世训练储君的方法，胜过讲经说书等作秀才的学问。

李泌劝谏任长子

肃宗子建宁王倓性英果，有才略。从上自马嵬北行，兵众寡弱，屡逢寇盗，倓自选骁勇，居上前后，血战以卫上。上或过时未食，倓悲泣不自胜。军中皆属目向之，上欲以倓为天下兵马元帅，使统诸将东征。李泌[1]曰：『建宁诚元帅才。然广平，兄也，若建宁功成，岂使广平为吴太伯[2]乎？』上曰：『广平，冢嗣也，何必以元帅为重？』泌曰：『广平未正位东宫。今天下艰难，众心所属，在于元帅。若建宁大功既成，陛下虽欲不以为储副，同立功者其肯已乎？太宗、太上皇即其事也。』上乃以广平王俶为天下兵马元帅，诸将皆以属焉。倓闻之，谢泌曰：『此固倓之心也！』

【注释】

①李泌：唐名臣，唐肃宗李亨遇之甚厚，军国大事多与之商议。

②太伯：太伯是周太王长子，明白父亲喜爱弟弟季历的儿子昌，也就是后来的文王，就和弟弟仲雍逃到荆蛮地带，建立吴国。

【译文】

唐肃宗的第三个儿子建宁王李倓，英明果断，有雄才大略。他曾跟随唐肃宗从马嵬向北行，因随行士兵人少势弱，屡次遭遇强盗，李倓总是亲自挑选骁勇的士兵，护卫于皇帝前后，与敌人浴血奋战，拼死保卫肃宗。肃宗有时过了时间未进食，李倓就悲伤得哭泣。因此建宁王李倓深为军中将士所敬，肃宗想封他为天下兵马元帅，统领将领们东征。宰相李泌说：『建宁确实是元帅的人才，如果建宁王功成名就，长子，可以继承王，何必将天下兵马元帅的职务看得这么重要？』李泌说：『广平王还没有正式立为太子。现在国家艰难，众人所瞩目的对象都在元帅身上。如果建宁王大功告成，陛下虽然不想立他为太子，但是与他一起立功的人肯罢休吗？太宗、太上皇帝就是最好的例子。』于是肃宗任命广平王李俶为天下兵马元帅，令诸将都服从他的号令。李倓说：『这也正是我的心意啊！』

李泌修建白起祠

贞元中，咸阳人上言见白起①，令奏云：『请为国家捍御西陲。正月吐蕃②必大下。』既而吐蕃果入寇，败去。德宗以为信然，欲于京城立庙，赠起为司徒。李泌曰：『臣闻「国将兴，听于人」。今将帅立功，而陛下褒赏白起，臣恐边将解体矣。且立庙京师，盛为祷祝，流传四方，将召巫风。臣闻杜邮有旧祠③，请敕府县修葺，则不至惊人耳目。』上从之。

【注释】

①白起：战国时秦国名将，封武安君。

②吐蕃：古代藏族建立的地方政权。

③杜邮有旧祠：秦昭王不许白起留咸阳，白起出咸阳西门四十里。至杜邮，被昭王赐剑，遂自杀。后人在杜邮立祠祭祀白起。

【译文】

唐德宗贞元年间，咸阳人进言称看见了白起，县令禀奏说：『国家应加强防卫边疆，正月吐蕃必定大举进兵南下。』不久吐蕃果然入侵，却兵败而去。德宗因此相信白起果真显圣，就想在京师设立白起庙，追赠白起为司徒。李泌说：『微臣听说国家将要强盛，必须听信于人。现在将帅立功，而陛下却赞扬秦朝的白起，微臣害怕边将都快要解散了。而且在京城立庙，勤于祭祀，一旦流传出去，可能引起百姓迷信的邪气。听说杜邮有一座旧的白起祠，请陛下命令府县加以修缮，这样才不会惊动天下人的耳目。』德宗果然按照他的话去做。

苏颂不轻幼主

苏颂①执政时，见哲宗②年幼，每大臣奏事，但取决于宣仁。哲宗有言，或无对者；唯颂奏宣仁后，必再禀哲宗，有宣谕，必告诸臣俯伏而听。及贬元祐故官，御史周秩并劾颂。哲宗曰：『颂知君臣之义，无轻议此老。』

【注释】

①苏颂：字子容，属北宋泉州南安人，官至右仆射兼中书门下侍郎。

②哲宗：即北宋哲宗赵煦，1086—1100年在位。

【译文】

北宋苏颂（字子容，元祐年间任尚书左仆射）执掌朝政时，每次大臣们有事上奏，见哲宗赵煦年幼，都只听从宣仁太皇太后的决定，哲宗有话要问，也没有人回答他；只有苏颂自己每次向宣仁太皇太后启奏以后，必定再向哲宗禀告一遍，哲宗要有什么宣谕，苏颂必定告诫众大臣俯伏恭听。到哲宗亲政以后，改元绍圣，他要将元祐时期旧党老臣贬谪下去，御史周秩就连苏颂一并弹劾，哲宗说：『苏颂很懂得君臣的大义，不要轻率议论此国之大老。』

宋太祖杯酒释兵权

初，太祖谓赵普曰：『自唐季①以来数十年，帝王凡十易姓，兵革不息，其故何也？』普曰：『由节镇太重，君弱臣强。今唯稍夺其权，制其钱谷，收其精兵，则天下自安矣。』语未毕，上曰：『卿勿言，我已谕矣！』顷之，上与故人石守信等饮。酒酣，屏左右，谓曰：『我非尔曹之力，不得至此。念汝之德，无有穷已。然为天子亦大艰难，殊不若为节度使之乐。吾今终夕未尝安枕而卧也。』守信等曰：『何故？』上曰：『是不难知：居此位者，谁不欲为之？』守信等皆惶恐顿首，曰：『陛下何为出此言？』上曰：『不然。汝曹虽无心，其如麾下之人欲富贵何！一旦以黄袍加汝身，虽欲不为，不可得也。』守信等乃皆顿首泣，曰：『臣等愚不及此，唯陛下哀怜，指示可生之路。』上曰：『人生如白驹过隙，所欲富贵者，不过多得金钱，厚自娱乐，使子孙无贫乏耳。汝曹何不释去兵权，择便好田宅市之，为子孙立永久之业，多置歌儿舞女，日饮酒相欢，以终其天年？君臣之间，两无猜嫌，不亦善乎！』皆再拜曰：『陛下念臣及此，所谓生死而肉骨也！』明日皆称疾[2]，请解兵权。

【梦龙评】或谓宋之弱，由削节镇之权故。夫节镇之强，非宋强也。强干弱枝，自是立国大体。二百年弊穴，谈笑革之，终宋世无强臣之患，岂非转天移日手段！若非君臣偷安，力主和议，则寇准、李纲、赵鼎[3]诸人用之有余，安在为弱乎？

熙宁中，作坊以门巷委狭，请直而宽广之。神宗[4]以太祖创始，当有远虑，不许。既而众工作苦，持兵夺门，欲出为乱。一老卒闭而拒之，遂不得出，捕之皆获。

神宗一日行后苑，见牧豭猪[5]者，问：『何所用？』牧者曰：『自太祖来，尝令畜。自稚养至大，则杀之，更养稚者。累朝不改，亦不知何用。』神宗命革之。月余，忽获妖人于禁中，索猪血浇之，仓促不得，方悟祖宗远虑。

【注释】

①唐季：唐朝末年。

②称疾：以生病为托词。

③李纲：字伯纪，北宋邵武（今属福建省）人，政和进士，北宋末任太常少卿、宰相等职。赵鼎：字元镇，南宋解州闻喜（今属山西省）人，崇宁进士，官累迁御史中丞，进尚书右仆射兼枢密使等职。

④神宗：即北宋神宗赵顼，1068—1085年在位。
⑤猳（jiā）猪：即公猪。

【译文】

在太祖赵匡胤登基之初，对宰相赵普说：『从唐末以来几十年，帝王就换了十家，战争没有停息过，这是什么原因呢？』赵普回答说：『这是由于藩镇节度使的权力太大了，形成了君弱臣强的局面而造成的。现在只有逐步削减他们的权力，限制他们的钱粮收入，收回他们的精锐兵力，那么国家自然就会安定了。』他的话还没有说完，太祖便打断说：『卿不必再讲下去，我已经明白了！』时过不久，宋太祖和他的老朋友石守信等人一块儿喝酒。正喝到兴头上时，他让身边侍奉的人都退了下去，对老朋友们说：『我要不是得到你们的大力支持，不会到今天这个地步。想起你们的大德，实在深厚无穷。可是我虽贵为天子，也有许多难处，一点也不像节度使时那会儿痛快。我现在天天整夜都没有安心躺下睡个好觉啊。』石守信等人问道：『那是为什么呢？』太祖说：『这不难明白，天子这个位置谁不想要？』石守信听太祖这么一说，都惶恐害怕地跪下叩头说：『陛下为何说出这些话？』大祖说：『不是我非要这样说。即使你们无此心，如果你们的部将想荣华富贵，你们又能怎么办呢？一旦把黄袍也披在你们身上，即使想不干，恐怕也由不得你们了！』于是石守信等人都叩头大哭起来，纷纷说道：『臣等人都愚笨得想不到这些的，只有请陛下可怜可怜，指示我们一条生路。』太祖说：『人生像白驹过隙一般短暂，想大富大贵的人，无非是多拥有些金钱，满足自己享乐，并且使子孙后代不受贫困而已。你们为什么不放下兵权，购买良田美宅（王翦、萧何因为这样而免祸），替子孙立下永久的产业，多买些歌伎舞女，天天饮酒作乐，来享受一辈子？君臣之间，谁也不猜忌谁，不也很好吗！』大家都又叩头说道：『陛下为臣等考虑得如此周到，真所谓使死者复生、使白骨生肉啊！』第二天，石守信等人都说因身体不好，奏请解除自己的兵权。

【梦龙评】有人说，宋室的衰弱，是由于削夺节度使兵权之故。其实节度使强大，宋室并不能因此强大，主干强而枝弱，才是立国的根本。两百年来所累积的弊病，在谈笑之间就革除了，使宋朝没有强臣之患，这难道不是转天移日的手段吗？如果不是君臣上下苟且偷安，力主和议，而用寇准、李纲、赵鼎等人来对付外侵敌寇，国势哪里会衰弱呢？

北宋神宗熙宁年间，皇家作坊的官吏认为坊门道窄狭弯曲，奏请取直开宽觅一些。神宗认为太祖在建坊时就做如此设计，肯定有深远的考虑，不允许改动。不久，兵器坊的众工匠因为工作太辛苦，就拿起兵器强取作坊大门，想冲出去造反。因为坊门道窄狭又弯曲，一个守门老兵就能把门关上抵御他们，于是他们没能冲出来，造反的工匠全都被捕获了。

宋神宗一天走到皇宫后苑，看见有个人在放猪，神宗奇怪地问：『后苑里养猪干什么用？』放猪的人说：『自太祖以来，就一直诏令养猪。从猪娃养大后，就杀掉，再买小猪娃养。历朝都没有改动这个规矩，我也不知道养猪干什么用。』宋神宗就命令除掉这项规定，不再在后苑养猪。过了一个多月，忽然在宫中捉住一个会施妖术的人，要找猪血泼他破他的法术，慌忙之间，一时找不到猪血。神宗这才醒悟到祖宗的深谋远虑。

胡人杂居成患乱

汉魏以来，羌、胡、鲜卑降者，多处之塞内诸郡。其后数因忿恨，杀害长吏，渐为民患。侍御史郭钦请及平吴之威①，谋臣猛将之略，渐徙内郡杂胡于边地，峻四夷出入之防②，明先王荒服之制③。此万世长策也。不听，卒有五胡之乱。

【梦龙评】只有开国余威可乘，失此则无能为矣。宋初不能立威契丹④，卒使金、元之祸⑤相寻终始。我太祖北逐金、元⑥，威行沙漠。文皇定鼎燕都⑦，三黎来庭⑧，岂非万世久安之计乎！

【注释】

①及平吴之威：此条所记为晋太康元年（280年）事，是年晋武帝用杜预、王濬等灭割据江东的孙吴政权。及，承接，趁。

②峻四夷出入之防：严格控制四方少数民族出入边塞的关防。峻，严厉，此作动词。

③明先王荒服之制：明，申明，明确。中国古代有『五服』之说，王畿之外五百里为侯服，再五百里为甸服，再五百里为绥服，再五百里为要服，再五百里为荒服。荒服之地，不从王化。

④宋初不能立威契丹：太平兴国四年（979年），宋太宗灭北汉之后，亲征辽国，为辽兵大败于高梁河，雍熙三年，宋大举攻辽，又大败而归。从此宋无力攻辽，遂成守势。

⑤金、元之祸：金灭北宋，元灭南宋。

⑥太祖北逐金、元：1368年，明太祖朱元璋攻克大都，灭元。而元顺帝逃往塞外沙漠，仍称元帝（史称北元）。太祖命大将徐达、李文忠出师沙漠击元帝及扩廓帖木耳。元顺帝死，昭宗嗣位，李文忠继

续北追。

⑦文皇定鼎燕都：明成祖朱棣谥文皇帝。定鼎，建都。燕都，北京。

⑧三犁其庭：圣犁庭，把敌人的巢穴犁为耕地。

【译文】

汉魏以来，匈奴、鲜卑等部族来投降的人，朝廷大多将他们安置在塞内各郡居住，后来这些民族屡因痛恨而杀死当地官吏，渐渐成为民间的忧患。

侍御史郭钦建议将平定吴国的威势，谋臣猛将所定的策略，逐渐转移到内地杂居的胡人身上，将他们安置在边疆，严防四方夷人的出入，阐明先王对夷狄的制度，这是万世长远的策略。皇帝不听，最终发生五胡乱华。

【梦龙评】只有开国的余威可以利用，失去这个机会，就无能为力了。宋朝初年不能对契丹建立威严，导致金元之祸，相继不断。明太祖北败金元，威势远扬沙漠；成祖定都燕京，海南黎族前来归顺，这岂不是万世久安的大计吗？

吕端安抚叛将母

李继迁[①]扰西鄙。保安军[②]奏获其母，太宗欲诛之，以寇准居枢密，独召与谋。准退，过相幕，吕端[③]谓准曰：『上戒君勿言于端乎？』准曰：『否。』告之故。端曰：『何以处之？』准曰：『欲斩于保安军北门外，以戒凶逆。』端曰：『必若此，非计之得也！』即入奏曰：『昔项羽欲烹太公，高祖愿分一杯羹。

夫举大事不顾其亲，况继迁悖逆之人乎！陛下今日杀之，明日继迁可擒乎？若其不然，徒结怨，益坚其叛耳。』太宗曰：『然则如何？』端曰：『以臣之愚，宜置于延州④，使善视之，以招来继迁。即不即降，终可以系其心，而母生死之命在我矣。』太宗抚髀⑤称善，曰：『微卿，几误我事！』其后母终于延州，继迁死，子竟纳款。

【梦龙评】具是依，则为俺答之款；具是违，则为奴囚之叛。

【注释】

①李继迁：北宋时银州党项族人，祖先为拓跋氏，唐代赐姓李。

②保安军：古县名，在今陕西省延安市。

③吕端：字易直，北宋幽州安次（今属河北省）人，后晋时以父荫做官。

④延州：北宋时州名，治所在今延安市。

⑤拊髀（fǔ bì）：用手拍股，表示内心激动。

【译文】

宋朝西夏国主李继迁侵扰北宋西部边邑，保安军（宋代军州名，治今陕西榆林一带）奏报捉住了李继迁的母亲。太宗赵光义打算把她杀掉，因为寇准任枢密使，就单独召见他商量此事。寇准退朝后，路过宰相办公处，宰相吕端对寇准说：『皇上告诫过您不要把你们的谈话告诉于我吗？』寇准说：『没有。』于是把他们商量的事向吕端讲了一遍。吕端说：『你准备怎么处理？』寇准说：『我打算让他们在保安军北门外将她处斩，以惩戒夏方敌寇。』吕端说：『一定要这样的话并不是一个好办法！』于是吕端入宫启奏道：

『昔时项羽、刘邦相争于广武，项羽要将刘邦的父亲下锅烹煮，汉高祖刘邦不被所动，反说：「你一定要煮的话，请分给我一碗肉汤喝。」要办成大事就不会顾及骨肉亲情了，何况李继迁这种背义反叛之人呢！陛下今天把他的母亲杀掉，明天就能把李继迁擒获吗？如果做不到这一点，只能白白结下怨仇，更坚定了他的叛逆之心而已。』太宗问道：『那么该怎么办呢？』吕端说：『按臣之粗愚看法，应该把她安置在邻近保安的延州（今陕西延安），并派人很好地对待她，以此来促使李继迁归降。即使李继迁不投降，最终也可以拴住他的心，而且他母亲的生死之命是一直掌握在我方手心中的。』太宗拍着大腿称好，兴奋地说：『没有你，几乎耽误我的大事！』后来，李继迁的母亲终老在延州，李继迁死后，李继迁的儿子向宋纳款称降。

【梦龙评】同是归顺，明朝有俺答的纳款进贡；同是叛逆，明朝有奴儿干的叛变。

徐达故意放顺帝

大将军达[1]之蹙元帝于开平[2]也，缺其围一角，使逸去。常开平[3]怒亡大功，大将军言：『是虽一狄[4]，然尝久帝天下，吾主上又何加焉？将裂地而封之乎，抑遂甘心[5]也？既皆不可，则纵之固便。』开平且未然。及归报，上亦不罪。

【梦龙评】省却了太祖许多计较。然大将军所以敢于纵之者，逆知圣德之弘故也。何以知之？于遥封顺帝[6]、赦陈理为归命侯而不诛[7]知之。

【注释】

①大将军达：徐达，元末参加郭子兴义军，后归朱元璋，从征四方，屡建战。朱元璋即位南京，徐达以征虏大将军率师北定中原，为明开国元勋。

②蹙元帝于开平：开平，在今内蒙古正蓝旗东闪电河北岸，为元之上都。先是洪武元年（1368年）闰七月，徐达、常遇春克通州，元顺帝逃往上都开平，元灭。次年六月，命常遇春、李文忠自北平往开平。文忠攻克开平，元顺帝先已北走，仅获其宗王庆生等。是开平之役，徐达并未亲自参加，而元帝已先逸走，无突围事。此条所载与史有异。

③常开平：常遇春，朱元璋大将，与徐达齐名。北定中原时为副大将军。卒于开平之役之次月，追封开平王。

④狄：胡人。

⑤甘心：处死仇敌而得快意，此为『处死』之讳词。

⑥遥封顺帝：元灭后，明太祖诏书皆称元帝为『庚申君』。洪武三年，元帝病死于应昌（在今内蒙古克什克腾旗）。太祖诏以庚申君不战而奔，克知天命，谥曰『顺帝』。

⑦赦陈理为归命侯而不诛：陈理，汉主陈友谅子。元至元二十三年（1363年）朱元璋在鄱阳湖大败陈友谅，部将张定边奉陈理还武昌，立为帝。朱元璋旋移师围武昌，至次年，陈理降。朱元璋封理为归德侯。此云『归命侯』有误。

【译文】明朝大将军徐达在开平围困元顺帝时，故意放开一个缺口，让顺帝逃走。常遇春很气他失去立大功的机会。徐达说：『他虽是夷狄，然而曾经久居帝位，号令天下。如果真抓到了，我们主上拿他怎么办才好？割块地来封他，还是杀了他以求甘心？我认为两者都不行，放了他最合适。』后来回京师禀报，太祖果然并不加罪。

【梦龙评】徐达这样做，省去太祖许多麻烦。然而徐达所以敢这么做，是因他已洞悉朱元璋的心理。从哪里知道这一点的呢？从当初朱元璋遥封顺帝，免陈理，且赐封为归德侯，就可以看出来了。

司马光拒纳进贡

交趾[①]贡异兽，谓之麟。司马公[②]言：『真伪不可知。使其真，非自至不为瑞；若伪，为远夷笑。愿厚赐而还之。』

【梦龙评】方知秦皇、汉武之愚[③]。

【注释】

①交趾：古地名，本指五岭以南一带地方。

②司马公：司马光，字君实，历官仁宗、英宗、哲宗三朝。著名史学家，所著有《资治通鉴》。

③秦皇、汉武之愚：秦始皇、汉武帝均求神仙，信祥瑞。始皇帝信秦文公获黑龙之传说，而自以秦得水德。汉武帝以郊得一角兽，认作麒麟，遂改元元狩。

【译文】

宋朝时交趾国遣使进贡奇珍异兽麒麟。司马光向朝廷说：『不知道是真是假，如果是真的，要它自己来才能算是吉祥；如果是假的，恐怕被夷狄笑话。朝廷应当重奖使者，让他回国。』

【梦龙评】从这里就知道，秦始皇、汉武帝都是很愚蠢的。

苏颂不轻进契丹

边帅遣种朴[①]入奏：『得谍言，阿里骨[②]已死，国人未知所立。契丹官赵纯忠者，谨信可任。愿乘其未定，以劲兵数千，拥纯忠入其国，立之。』众议如其请，苏颂曰：『事未可知，今越境立君，傥[③]彼拒而不纳，得无损威重乎？徐观其变，俟其定而抚戢[④]之，未晚也。』已而阿里骨果无恙。

【注释】

①种朴：北宋洛阳人，名将种世衡之孙，凤州团练使种谔之子，以其父任累官知河州。

②阿里骨：辽天祚帝耶律延禧。

③傥（tǎng）：同『倘』，倘若。

④抚戢（jí）：处置。

【译文】

北宋边关元帅派种朴入朝禀奏说：『得到间谍的消息说，契丹国主阿里骨已经死了，契丹国人不知道该立谁为主。契丹国有一个官员叫赵纯忠，对我中国谨躬信义可以任用。臣愿趁其国局势未定之机，带几千名强劲兵马，护拥赵纯忠到其国都，立他为主。』众臣议论着应当同意这一计划，老臣苏颂说：『事实真相还不知道，现在就要越境去契丹立君，倘若他们抗拒不接纳，对我国威信不就深深损害了吗？应当从容观察事情究竟如何变化，等到他们的局面定下来再采取相应的安顿措施，也不算晚。』不久获信阿里骨一点病也没有。

陈恕不报钱谷为天下

陈晋公为三司使[①]，真宗命具中外钱谷大数以闻，恕诺而不进。久之，上屡趣之，恕终不进。上命执政诘之，恕曰：『天子富于春秋，若知府库之充羡，恐生侈心。』

【梦龙评】李吉甫②为相，撰《元和国计簿》上之，总计天下方镇、州、府、县户税实数，比天宝③户税四分减三，天下仰给县官者八十二万余人，比天宝三分增一，其水旱所伤、非时调发者，不在此数，欲以感悟朝廷。大臣忧国深心类如此。

【注释】

①陈晋公：即陈恕，字仲言，北宋南昌（今属江西省）人，太平兴国进士，累迁盐铁使，后官至吏部尚书左丞。三司使：官名，北宋时掌管全国钱谷出纳、均衡财政收支，是最高财政长官。

②李吉甫：字弘宪，唐赵郡（今河北赵县）人，官累淮南节度使、丞相。

③天宝：唐玄宗李隆基的年号。

【译文】

北宋真宗时，晋国公陈恕担任国家财政的三司使，真宗命令他将中央和地方库存的银钱和粮食的大略数字上报给他知道，陈恕光答应就是不上报。过了很长时间，皇上屡次催问他，他始终不报。真宗诏命执掌朝政的大臣质问他，陈恕说：『天子的年纪还很轻，如果知道府库中钱粮充裕，我恐怕皇上生奢侈之心。』

【梦龙评】李吉甫为宰相时，特地写《元和国计簿》呈给宪宗，总计天下方镇、州、府、县户税的数目，比天宝年间减少了四分之三；天下依赖县官供给的人口有八十二万，比天宝年间多了三分之一；至于水旱灾所受的伤害、紧急时发放的数目还不包含在内。他想借此使朝廷有所感悟。大臣忧国的深切之心都是如此。

富弼不受例外赏赐

富郑公为枢密使，值英宗即位，颁赐大臣。已拜受，又例外特赐。郑公力辞，东朝①遣小黄门谕公曰：『此出上例外之赐。』公曰：『大臣例外受赐，万一人主例外作事，何以止之？』辞不受。

【注释】

①东朝：原指太子住的地方，现指太子。

【译文】

宋名臣富弼任枢密使时，当时正值英宗继位，还是按照惯例赏赐大臣。群臣领过赏赐以后，英宗又额外颁发特别赏赐给富郑公。郑公极力推辞，太子派太监对郑公说：『这可是皇上额外的赏赐。』

郑公说：『皇上赐给例外赏赐，大臣如果不阻止，万一皇上做例外的事，怎么去阻止呢？』因此坚辞不受。

范仲淹保释知军

劫盗张海①将过高邮，知军②晁仲约度不能御，谕军中富民出金帛牛酒迎劳之。事闻，朝廷大怒，富弼议欲诛仲约。仲淹曰：『郡县兵械足以战守，遇贼不御，而反赂之，法在必诛。今高邮无兵与械，且小民之情，醵③出财物而免于杀掠，必喜。戮之，非法意也④。』仁宗乃释之。弼愠曰：『方欲举法，而多方阻挠，何以整众！』仲淹密告之曰：『祖宗以来，未尝轻杀臣下。此盛德事，奈何欲轻坏之？他日手滑⑤，恐吾辈亦未可保。』弼不谓然。及二人出按边⑥，弼自河北还，及国门，不得入，未测朝廷意⑦，比夜彷徨绕床，叹曰：『范六丈⑧圣人也！』

【注释】

①张海：宋仁宗庆历三年（1043年）起事于商州。当年战败被俘杀。

②知军：军为宋代比县高一级的地方行政区划，知军即其长官。

③醵：集众人之钱。

④非法意也：不合朝廷设法的本意。

⑤手滑：任意行事，把惩杀官吏成家常事。

⑥二人出按边：庆历三年，范仲淹参确政事，富弼为枢密副使。至次年，党议起，富弼与仲淹恐惧，

不自安于朝，皆请出巡视边防。先以仲淹为陕西、河东宣抚使，继以富弼为河北宣抚使。⑦及国门，不得入，未测朝廷意：富弼、范仲淹既出按边，朝中奸邪攻之者益众。庆历五年，富弼自河北还，将及国门，章得象指使党羽攻讦范、富纷扰国政，凡所引荐，多朋党之私。于是富弼至国门而待命。未几，仁宗降旨罢二人相，富弼知郓州，仲淹知邻州。未测朝廷意，不知朝廷将如何处理自己。⑧范六丈：范仲淹排行第六，长富弼十五岁，故富弼如此尊称。

【译文】

北宋时强盗张海将从高邮路过，高邮知军晁仲约估量自己势薄力单无法抵御，就晓谕当地富民，拿出金钱、牛羊、酒肉去犒劳张海。

事情传后，皇帝非常愤怒，富弼提议要杀晁仲约。范仲淹说：『郡的兵力足以应战或防守，遭遇贼兵不抵御，反而去贿赂，那么必须依法将知军处死。但是目前高邮兵力不足，又没有武器，而且百姓的想法是，只要出金钱食物能避免杀戮抢劫，也就很高兴了。杀死晁仲约不符合立法的本意。』仁宗听后，就释放了晁仲约。

富弼生气地说：『我们正要依法行事，却受多方阻挠，这样如何治理百姓？』范仲淹私下告诉他说：『从祖宗开始，未曾轻易处死下臣。这是一种美德，怎么可以轻易地破坏呢？假如皇上做惯这种事，将来恐怕我们这些人的性命也难保了。』富弼却不以为然。

后来两人出巡边塞，富弼从河北回来，进不得国都的城门，又无法知道朝廷的心意，整夜彷徨，在床边走来走去，不由感叹说：『范仲淹真是圣人啊！』

阳明公不让江彬

阳明公既擒逆濠，江彬[1]等始至。遂流言诬公，公绝不为意。初谒见，彬辈皆设席于旁，令公坐。公佯为不知，竟坐上席，而转旁席于下。彬辈遽出恶语，公以常行交际事体平气谕之，复有为公解者，乃止。公非争一坐也，恐一受节制，则事机皆将听彼而不可为矣。

【注释】

①江彬：字文宜，明宣府人，官累都指挥佥事、都督佥事等职，封平虏伯。

【译文】

明朝时阳明公捉到叛逆朱宸濠以后，江彬等人才到达，就散布谣言中伤王守仁，王守仁毫不在意。初次拜见，江彬等人将王守仁的座位设在一旁，让王守仁坐。王守仁假装不知，直接坐在上座，而使江彬等人将座位移到下首。江彬等人立即恶语相向，王守仁却以例行的交际礼仪，心平气和地教导他们，后来有人为王守仁从中解释，江彬等人才平息。

王守仁并不是为了争座次，他是怕一旦受这些人牵制，以后凡事都要听他们指挥，那样就不可能有所作为了。

王安册封主婚人

郑贵妃[1]有宠于神庙。熹宗[2]大婚礼，妃当主婚。廷臣谋于中贵王安[3]曰：『主婚者，乃与政之渐，不可长也，奈何？』或献计曰：『以位则贵妃尊，以分则穆庙隆庆恭妃长，盍以恭妃主之？』曰：『奈无玺何？』

曰：『以恭妃出令，而以玉玺封之，谁曰不然？』安从之。自是郑氏不复振。

【注释】

①郑贵妃：明神宗的宠妃，皇三子、福王常洵的生母。

②熹（xī）宗：明熹宗朱由校，1621—1627年在位。

③王安：明雄县人，神宗时是太子伴读，熹宗时，擢司礼秉笔太监。

【译文】

郑贵妃很受明神宗朱翊钧的宠爱。熹宗的大婚典礼上，贵妃担当主婚人，朝中大臣找宦官王安商量说：『主婚人就是来参与政事的发端，不能助长这股势力，可这该怎么办呢？』有人献计说：『以位分来看则是郑贵妃最尊，但以辈分来看则是穆宗（神宗父）的恭妃最长，何不让恭妃做主婚人呢？』有人说：『可是恭妃无玉玺怎么办？』那人答道：『让恭妃下令，用玉玺加封，谁能说不行呢？』王安就按这个办法安排了大婚之礼。从此郑贵妃的势力一蹶不振。

陈县尉秉公办事

仲微①初为莆田尉，署县事。县有诵仲微于当路，而密授以荐牍者，仲微受而藏之。逾年，其家负县租，竟逮其奴。是人有怨言。仲微还其牍，缄封如故。是人惭谢。

【注释】

①仲微：陈仲微，字致广，南宋高安人，嘉泰进士，由莆田尉至江西提点刑狱，官至吏部尚书。

【译文】

宋朝人陈仲微初任莆田县尉，代理县府的事。县里有人在当权的大官面前称赞陈仲微，私下又授给他一封推荐信。陈仲微将推荐信收藏起来。

一年后，这个人家里欠了县府租税，县府逮捕他的奴仆。这个人对此颇怨言。陈仲微就把那封未曾拆封的推荐信还给他，这个人不禁惭愧得当面道歉。

姚崇重人臣节义

姚崇为灵武道大总管①。张柬之等谋诛二张②，崇适自屯所还，遂参密议，以功封梁县侯。武后迁上阳宫，中宗③率百官问起居。五公④相庆，崇独流涕。柬之等曰：『今岂流涕时耶？恐公祸由此始。』崇曰：『比与讨逆，不足为功，然事天后久，违旧主而泣，人臣终节也。由此获罪，甘心焉。』后五王被害，而崇独免。

【梦龙评】武后迁，五公相庆，崇独流涕。董卓⑤诛，百姓歌舞，邕⑥独惊叹。事同而祸福相反者，武君而卓臣，崇公而邕私也。然惊叹者，平日感恩之真心；流涕者，一时免祸之权术。崇逆知三思⑦犹在，后将噬脐⑧，而无如五王之不听何也。吁，崇真智矣哉！

【注释】

①灵武道：郡名，相当于宁夏中部及以北的地区。大总管：是官名，唐时在边镇或大州设置的都督，即该镇（州）的最高军事长官。

②张柬之：字孟将，唐襄州襄阳（今属湖北省）人，官累刺史、大都督府长史、天官尚书、封阳郡公。

二张：指张易之、张昌宗兄弟，唐定州义丰（今河北定国）人，都被武则天所宠。在武则天晚年，二人干涉朝政。

③中宗：即唐中宗李显，705—710年在位。

④五公：指参与谋杀二张的五位大臣（张柬之、崔玄暐、袁恕己、桓彦范、敬晖）。下文『五王』也是指他们。唐中宗即位后，武三思与韦皇后专权，虚封五人为王，而罢去实权。

⑤董卓：字仲颖，东汉陇西临洮（今甘肃岷县）人，官累并州牧、太师，专断朝政，后为王允、吕布所杀。

⑥邕（yōng）：即蔡邕，字伯喈，东汉陈留圉（今河南杞县南）人，官累侍御史、中郎将军等职。

⑦三思：即武三思，唐并州文水（今山西文水东）人，官累至夏官尚书、春官尚书等，封梁王。

⑧噬（shì）脐：比喻后悔不及。

【译文】

唐朝名臣姚崇（陕州硖石人，封梁国公）任灵武道大总管。张柬之（襄阳人，字孟将）等人计划杀武后宠幸的张易之、张昌宗二人，姚崇正好从屯驻处，就参加了这个秘密的计划。后来因公封为梁县侯。武后迁往上阳宫，中宗率百官去问候生活起居。五王互相庆贺，只有姚崇流泪。张柬之等人说：『现在哪里是流泪的时候呢？你恐怕会有灾祸临头。』姚崇说：『和你们一起讨平叛逆，本来算不上什么功。然而服侍武后久了，一旦分别，因而哭，是人臣应有的节义。如果因为这样而获罪，我也甘心。』后来五王被害，而姚崇幸免。

【梦龙评】武后迁入上阳宫，五王互相庆贺，只有姚崇流泪；董卓被杀，百姓载歌载舞，只有蔡邕惊叹。事情相同而遭遇的福祸却相反，因为武后是君、董卓是臣，姚崇为公、蔡邕为私的原因。然而惊叹的人是平日感恩的真心表现，流泪的人是一时免祸的权术。姚崇预测武三思还在朝，日后可能报复，不像五王那样不听劝告。唉！姚崇真聪明啊！

孔子论圣人行事

鲁国之法：鲁人为人臣妾于诸侯①，有能赎之者，取金于府。子贡赎鲁人于诸侯而让其金②。孔子曰：『赐失之矣③。夫圣人之举事，可以移风易俗④，而教导可施于百姓，非独适己之行也。今鲁国富者寡而贫者多，取其金则无损于行，不取其金，则不复赎人矣！』子路⑤拯溺者，其人拜之以牛，子路受之。孔子喜曰：『鲁人必多拯溺者矣！』

【梦龙评】袁了凡⑥曰：『自俗眼观之，子贡之不受金似优于子路之受牛。孔子则取由而黜赐，乃知人之为善，不论现行论流弊，不论一时论永久，不论一身论天下。』

【注释】

①为人臣妾于诸侯：成为别国的奴隶。

②让其金：让而不受官府赏给的金钱。

③赐失之矣：赐，子贡姓端木，名赐，子贡为其字。失，犯了过错，违失正道。

④『圣人之举事』句：圣人所制定的政策教令，是为了可以为百姓所接受，从而达到移风俗的目的，

而不能让这些教令完全适合自己个人的道德准则。

⑤子路：仲由，字子路，孔子弟子。好勇，有政事才。

⑥袁了凡：袁黄，号了凡，明万历间进士，初任宝砥知县，有政绩，擢兵部主事。博极群书，有著作多种传世。

【译文】

鲁国的法令规定：凡是鲁国人做诸侯的臣妾，能将他们赎回的人，可以从官府拿到赎金。子贡去诸侯家里赎回一个鲁国人，却不愿接受赎金。

孔子说：『赐（子贡）的做法错了，圣人的行事可以移风易俗，教化百姓，不是只做适合自己的行为。现在鲁国富人少穷人多，拿到赎金并不损害自己的道德，不拿回赎金就不能鼓励其他人来效法了。』

子路救溺水的人，被救的人以牛答谢子路，子路接受了。

孔子很高兴地说：『以后一定会有很多鲁国人勇于拯救溺水者了。』

【梦龙评】袁了凡说：『以世俗的眼光来看，子贡不接受赎金，似乎比子路接受牛恰当，但孔子则认为子路可取子贡不可取。才知道人做善事，不应只着眼于当前的做法，而应着眼于它所产生的影响；不应只着眼于一时的好处，而应着眼于永久的结果；不应只着眼于自身的得失，而应着眼于天下的利弊。』

孙伯纯拒办盐场

孙伯纯史馆知海州①日，发运司②议置洛要、板浦、惠泽三盐场，孙以为非便。发运使亲行郡，决欲为之，孙抗论排沮甚坚。百姓遮县，自言置盐场为便。孙晓之曰：『汝愚民，不知远计，官卖盐虽有近利，官盐患在不售，不患在不足，盐多而不售，遗患在三十年后。』至孙罢郡，卒置三场。其后连海间刑狱盗贼差役，比旧浸繁，缘三盐场所置。积盐山积，运卖不行，亏失欠负，动辄破人产业，民始患之。又朝廷调军器，有弩桩箭干之类。海州素无此物，民甚苦之，请以鳔胶③充折。孙谓之曰：『弩桩箭干，共知非海州所产，盖一时所须耳。若以土产物代之，恐汝岁岁被科无已时也。』

【注释】

①海州：海州卫，今辽宁省海城县境内。

②发运司：官衙名，明时掌东南六路漕运，兼制置茶、盐等事宜，长官为发运使。

③鳔（biào）胶：用鱼鳔制成的一种胶料。

【译文】

宋朝史馆修撰孙伯纯在海州（治所在今辽宁海城县）任知州时，发运司提议，要在海州的洛要、板浦、惠泽三个地方建盐场，孙伯纯认为在此建盐场有许多不方便之处。发运司使亲自到海州巡视，决心在海州实施这一规划。孙伯纯则竭力反对和阻止，态度也坚决。州里百姓们聚集在县衙门前，各自都说建盐场会给地方带来不少好处。孙伯纯给他们讲道理说：『你们是见识浅陋的人，不知道为长远打算。官卖盐虽然眼下看着能得利，但官卖盐的弊在于会卖不出去，而不在于产量不足。太多卖不出去，它的害处在三十年后就显现出来了。』到孙伯纯离开海州知州的职务后，这里最终还是把三个盐场办起来了。后来，海州沿海地区刑狱、盗贼、差役，都比过去增多，都是因为建了盐场的缘故。晒出的盐堆积如山，运输、销售都行不通，亏损负债严重，往往搞得百姓倾家荡产，到这时候州中民众才知道开设盐场的害处。还有一回，朝廷在海州征调兵器，其中包括弩桩、箭干之类。海州从来不出产这些物品，老百姓非常作难，请求用缴纳鳔胶来相抵。孙伯纯对他们说：『弩桩和箭干之类，大家都知道不是海州出产的，这只不过是朝廷一时急需罢了。如果以本地土产的东西代替，恐怕你们今后将年年被征调这些土产再没有尽头了。』

张咏远虑种桑树

张忠定知崇阳县[①]，民以茶为业，公曰：『茶利厚，官将榷之，不若早自异也。』命拔茶而植桑，民以为苦。其后榷茶，他县皆失业，而崇阳之桑皆已成，为绢岁百万匹。民思公之惠，立庙报之。

【梦龙评】文温州林[②]官永嘉时，其地产美梨。有持献中官者，中官令民纳以充贡。公曰：『梨利民几何？使岁为例，其害大矣！』俾悉伐其树。中官怒而谮之，会荐卓异得免。近年虎丘[③]茶亦为僧所害，僧亦伐树以绝之。呜呼！中官不足道，为人牧而至使民伐树以避害，此情可不念欤！林，衡山先生之父。

《泉南杂志》云：泉地出甘蔗，为糖利厚，往往有改稻田种蔗者，故稻米益乏，皆仰给于浙直海贩。莅兹土者，当设法禁之，骤似不情，惠后甚溥。

【注释】

①张忠定：张咏，字复之，号乖崖，北宋鄄城县人，太平兴国进士，官枢密直学士，后官至吏部尚书，卒谥忠定。崇阳：旧县名，今属湖北省。

②文温州林：文林，字宗儒，明长洲人，成化进士，历太仆寺丞，后守温州（今属浙江省），卒于官。

③虎丘：今江苏省苏州市西北。

【译文】

宋朝人张咏任崇阳县知县时，当地百姓大都以种茶为业。张咏对大家说：『茶利润丰厚，朝廷正打算实施官营，不如早些改种他物。』于是命令百姓砍掉茶树改种桑树，百姓纷纷叫苦。后来朝廷实施茶叶专卖，其他县的百姓不堪其苦而失业，唯崇阳县桑树已长成，每年绢产量达百万匹。百姓思念张公的恩惠，为他立庙来报答他。

【梦龙评】本朝永嘉年间，温州人文林任永嘉县令时，这一带盛产好梨。有人拿去献给宦官，宦官就命令百姓交纳梨子，用来充当岁贡。文林说：『梨子对百姓有多大的利益？假使每年都照例以梨子进贡，害处就大了。』于是就要百姓把梨树全部砍掉。宦官很生气，就向皇帝进谗言，正值朝廷要求举荐卓异之人，文林才获得赦免。虎丘的茶叶也成为僧侣的祸害，僧侣们将茶树砍光以绝其害。唉！宦官不值得一提，做父母官的何必让百姓伐树来避害，这种情景不值得人们深思吗？（文林，是本朝大画家文征明先生的父亲）

《泉南杂志》中说：泉南一带出产甘蔗，可以制糖并利润优厚，往往有把稻田改种甘蔗，所以稻米越来越少，人们吃的稻米都靠江浙一带从海上运输供给。到这来做官的人，应当设法禁止将稻田改种甘蔗，这看起来好像不近人情，其实对后人大有好处。

李太守治理荒田

李允则①再守长沙。湖湘之地，下田艺②稻谷，高田水力不及，一委之蓁莽。允则一日出令曰：『将来并纳粟米秆草。』湖民购之襄州[3]，第一斗一束，至湘中为钱一千。自尔竞以田艺粟，至今湖南无荒田，粟米妙天下焉。

【注释】

①李允则：字垂范，北宋孟县人，从小以才略闻，历知沧雄等州镇定高阳三路行营兵马都监，仁宗时领康州防御使。

②艺：种植。

③襄州：州名，在今湖北襄阳、谷城等地。

【译文】

北宋时，李允则再度任长沙太守。湖南湘水一带，地势低的地方全部种稻谷，地势高的田地则因缺水而全部任其荒废。一天，李允则下令说：『将来要同时缴纳小米和其茎秆。』湖边的百姓只好从襄州购买，每一斗小米换一束草，到湘中一带就值一千钱。从此百姓争着在地势高的田地种小米，至今湖南没有荒田，而湖南小米天下第一。

陈瓘料事如神

陈瓘[1]方赴召命，至阙，闻有中旨，令三省交进前后臣僚章疏之降出者。瓘谓宰属谢圣藻曰：『此必有奸人图盖己愆而为此谋者。若尽进入，则异时是非变乱，省官何以自明？』因举蔡京上疏请灭刘挚[2]等家族，乃妄言携剑入内欲斩王珪[3]等数事。谢惊悚，即白时宰，录副本于省中。其后京党欺诬盖抹之说不能尽行，由有此迹不可泯也。

邹浩[④]还朝，帝言及谏立后事，奖叹再三，询：『谏草安在？』对曰：『焚之矣。』退告陈瓘。瓘曰：『祸其始此乎？异时奸人妄出一缄，则不可辨矣。』初，哲宗一子献愍太子茂，昭怀刘氏为妃时所生，帝未有子，而中宫虚位，后因是得立。然才三月而夭。浩凡三谏立刘后，随削其稿。蔡京用事，素忌浩，乃使其党为伪疏，言刘后『杀卓氏而夺其子，欺人可也，讵可以欺天乎？』徽宗诏暴其事，遂再谪衡州[⑤]别驾，寻窜昭州[⑥]，果如瓘言。

【梦龙评】二事一局也，谢从之而免谗，邹违之而构诬。『人无远虑，必有近忧』，尤信！

徽宗[⑦]初，欲革绍圣之弊以靖国，于是大开言路。众议以瑶华[⑧]复位、司马光等叙官为所当先。陈瓘时在谏省，独以为『幽废母后、追贬故相，彼皆立名以行，非细故也。今欲正复，当先辨明诬罔，昭雪非辜，诛责造意之人，然后发诏，以礼行之，庶无后患，不宜欲速贻悔。』朝议以公论久郁，速欲取快人情，遽施行之。至崇宁[⑨]间，蔡京用事，悉改建中之政，人皆服公远识。

陈公在通州，张元垢[⑩]商英入相，欲引公自助。时置政典局，乃自局中奉旨，取公所著《尊尧集》，盖将施行所论，而由局中用公也。公料其无成，书已缮写未发，州郡复奉政典局牒催促。公乃用奏状进表，以黄帕封缄，徽申政典局，乞于御前开拆。或谓公当径申局中，何必通书庙堂。公曰：『恨不得直达御览，岂可复与书耶？彼为宰相，有所施为，不于三省公行，乃置局建官若自私者，人将怀疑生忌，恐《尊尧》至而彼已动摇也。远其迹犹恐不免，况以书耶！』已而悉如公言。张既罢黜，公亦有台州之命，责词犹谓公『私送与张商英，意要行用』。于是众人服公远识。

【注释】

①陈瓘（guàn）：字莹中，号了翁，是北宋沙县人，举进士甲科，为太学博士、谏官。他为谏官时，极言蔡京不可用，京深恨之，屡窜责。

②刘挚：字莘老，北宋永静军东光人，嘉祐进士，元祐时与吕大防同时执政，废弃新法，后贬官而死。

③王珪（guī）：字禹玉，属北宋华阳人，举进士甲科，哲宗时累官尚书左仆射，兼门下侍郎，封岐国公。

④邹浩：字志完，北宋晋陵人，元丰进士，哲宗朝为右正言，累迁兵部侍郎，直龙图阁。

⑤衡州：州名，在今湖南衡山、常宁等地。

⑥昭州：州名，治所在今广西平乐县。

⑦徽宗：指宋徽宗赵佶。

⑧瑶华（huā）：犹瑶英，谓美玉，此处借指贤臣。

⑨崇宁：宋徽宗的年号，1102—1106年。

⑩张元培：即张商英，字天觉，北宋新津县（今属四川省）人，用章惇荐，擢监察御史，官累尚书右仆射，卒谥文忠。

【译文】

北宋哲宗时，陈瓘奉召回京，前往晋谒天子。他来到宫中，听说皇帝有道谕旨，命令中书、门下、尚书三省缴回以前诸大臣进呈给皇帝，后又被退回的奏章。陈瓘对宰相的属官谢圣藻说：『这一定是有奸臣为了掩饰自己的过错而出此计策。如果把退回的奏章全部进呈皇上，今后如有是非变乱，三省官员要如何表明自己的清白？陈瓘又举尚书蔡京上疏请求诛灭侍御史刘挚等人家族，诬刘挚携剑入宫、想斩王珪等事为例。谢圣藻听了心惊胆战，就对宰相报告了这件事，然后将诸大臣的奏章抄录副本留在三省中。后来蔡京的党羽欺诈诬蔑掩饰过失的言辞不能全部得逞，正是由于有这些副本的存在，才无法消除其罪恶记录。

邹浩重回朝廷任职，宋徽宗和他谈及他进谏立刘氏为皇后的事，并再三地嘉奖赞赏他。徽宗又问及谏书草稿在哪里，邹浩回答说：『已经烧了。』退朝后，邹浩告诉了陈瓘，陈瓘说：『灾祸就要从此开始了吧？将来奸人随便捏造一封谏书，将无法分辨真伪。』起初，哲宗又一儿子献愍太子，名茂，是昭怀后刘氏做妃子时生的。此前，哲宗没有儿子，昭怀后请求哲宗立茂为太子。但是茂出生三个月就夭折了。邹浩曾三次上疏哲宗谏立刘氏为皇后，事后就把奏折销毁了。蔡京执政以后，因向来忌恨邹浩，就命他的党羽伪造了一封邹浩的奏疏，奏疏中道：『刘氏杀死卓氏而夺走卓氏的儿子，这件事欺瞒人还可以，怎么可以欺瞒上天呢？』徽宗命令要查明这件事，于是再贬谪邹浩为衡州别驾，不久又放逐昭州，结局果如陈瓘所言。

【梦龙评】这是两件情形相同的事，谢圣藻依照陈瓘所言去做，避免了谗言之害；邹浩不听劝告，而遭陷害。『人无远虑，必有近忧』，确实如此。

徽宗刚即位，欲改革哲宗绍圣年间的弊病以安定国家大势，于是大开向朝廷进言之路。众臣拟议应将瑶华复位、司马光等业已作古的老臣的重新授职奖励等为优先办理之事。

陈瓘当时在谏院，独以为『囚禁废黜母后，追贬旧宰相，都是以正当的理由来施行的，不是由于轻微的事故。现在想恢复他们的名衔，当先辨明他们是被诬告的，昭雪他们的罪名，诛罚假造名目的人，然后废除以前的诏令。一切应在合乎礼法的情况下进行，才不会留下祸患，不该速办速决，不然将来后悔就来不及』。

朝廷商议之后，认为陈瓘的办法缓慢费时，想尽快顺应人情的要求，遂立即施行，后来到了崇宁年间，蔡京得势以后，将建中年间的施政完全加以改变，此时众人才叹服陈瓘的远见卓识。

陈瓘在通州时，张元垿入朝为相，想推荐陈瓘来帮助自己。当时新设政典局，就从局中接奉圣旨。采用陈瓘所著的《尊尧集》中的论述，作为施政的方针，然后由政典局任用陈瓘。

陈瓘料想这种事不会有什么效果，推托信已写好还没寄出，州郡又奉政典局的命令来催促。

陈瓘于是写了一本奏章，用黄帕封好交给政典局，要求他们在皇帝面前拆开。有人对他说直接向政典局表达就可以，何必上达朝廷。

陈瓘说：『我恨不得能直接呈给皇上亲自阅览，怎么可以再写信给他们呢？张元垿担任宰相想有所作为，不在三省公开施行，却设置政典局任用官员，是自私自利的行为，他人将会怀疑忌妒。我恐怕《尊尧集》一送到，张相等人的地位就动摇了。要离他们远一点还怕办不到，何况是写信呢！』

不久，事态完全如陈瓘所言，张元垿被罢黜，他自己也被贬台州。当道者更谴责他私下送礼给张元垿，想要升官，众人这才称赞陈瓘有远见。

董中峰评说历史

武庙《实录》[①]将成时，首辅杨廷和[②]以忤旨罢归，中贵张永[③]坐罪废。翰林林立山奏记副总裁董中峰曰：『史者，万世是非之权衡。昨闻迎立一事，或曰由中，或曰内阁；诛贼彬，或云由廷和，或云由永。疑信之间，茫无定据。今上方总核名实，书进二事，必首登一览，恐将以永真有功，廷和真有罪。君子小人，进退之机决矣。』董公以白总裁费鹅湖，乃据实书：『慈寿太后遣内侍取决内阁。』天子由是倾心宰辅，宦寺之权始轻。

【注释】

①实录：是编年史的一种体裁，专门记述某一个皇帝在位期间发生的大事。

②首辅：即『首揆』，明代对首席大学士的习惯称呼。杨廷和：字介夫，明新都人，成化进士，授检讨，官累吏部尚书、武英殿大学士、首辅等。

③张永：明朝保定新城人，先为大宦官刘瑾同党，后与廷和同谋，奏请诛瑾，嘉靖时掌御用监，提督团营。

【译文】

《武庙实录》将写成时，内阁首辅杨廷和由于违抗圣旨，被罢官回乡，宦官张永因罪被废。

翰林林立山记事上陈总裁董中峰说：『历史是万世衡量是非的最好标准，我昨天听到迎立世宗的事，有人说是宦官所为，也有人说是内阁所为；杀逆贼江彬的事，有人说是廷和之力，也有人说是张永之力，正确与否，完全没有一定的依据。如今皇上正总核各事件的真实性，如果有人禀奏这两件事，皇上必先阅览，恐怕会认为张永真的有功，杨廷和真的有罪，君子小人被任用、罢黜的关键就在于此。』

董中峰将此事报告总裁费鹅湖，费鹅湖于是据实写道：『慈寿太后派宦官听从内阁的决议，天子因而心向内阁宰辅，宦官的职权才被减轻。』

万物有长必有消

李贤[1]尝因军官有增无减，进言谓：『天地间万物有长必有消，如人只生不死，无处着矣。自古有军功者，虽以金书铁券[2]，誓以永存，然其子孙不一再而犯法，即除其国；或能立功，又与其爵。岂有累犯罪恶而不革其爵者？今若因循久远，天下官多军少，民供其俸，必致困穷，而邦本亏矣，不可不深虑也。』

【梦龙评】议论关系甚大！

【注释】

①李贤：明宣德进士。景泰中为吏部侍郎。英宗复辟，命兼翰林学士，直文渊阁，进尚书。

②金书铁券：由皇帝颁赐给功臣世代享受某种特权的契券凭证。始于汉高帝，以铁铸成券形，其内镂字，以金涂之。

【译文】

明朝人李贤曾经对军官有增无减的情况，向朝廷建议道：『天地间万物有生必有灭，如果人只生不死，世上就无处着落了。自古以来立有军功的人，即使以金书铁券保证他家世代官爵，然而他的子孙良莠不齐，再有犯法的话，就要立即除去官禄，如果再能立功，又可给他官爵，怎么能屡次犯罪却不革除他们的爵位呢？现在如果因循不变，长此以往，全国军官越来越多，士兵越来越少，老百姓供应这么多人的俸禄，必然使得民众日益穷困，而国家的根本也会受到亏损。这不能不做深远的打算！』

【梦龙评】这议论关系非常重大。

刘晏造船远打算

刘晏①于扬子置场造船，艘给千缗。或言所用实不及半，请损之。晏曰：『不然。论大计者不可惜小费，凡事必为永久之虑。今始置船场，执事者至多，当先使之私用无窘，则官物坚完矣。若遽与之屑屑较计，安能久行乎！异日必有减之者，减半以下犹可也，过此则不能运矣！』后五十年，有司果减其半。及咸通②中，有司计费而给之，无复羡余，船益脆薄易坏，漕运遂废。

【注释】

①刘晏：唐肃宗、代宗两朝历任京兆尹、户部侍郎、吏部尚书同中书门下平章事及度支、盐铁、转运、铸钱等使。黉多机智，善理财。

②咸通：唐懿宗李漼年号，距刘晏死约七八十年。

【译文】

唐朝时刘晏在扬州设置造船厂，每艘船补贴一千缗钱。有人说实际上用不到一半，应当删减一些。刘晏说：『不行，为了长远的考虑，不可以吝惜一点小费用。凡事一定要做长久盘算，目前刚开始建造造船厂，需要用很多人员，应当首先使他们的费用不会短绌，制造出来的产品才能坚固。如果对他们斤斤计较，事情怎能做得长久呢？将来负责的人一定会缩减，减半以下还行，假如删减太多，这种事业就无法保持长久了。』

五十年后，果然有官吏缩减一半的补贴。到懿宗咸通年间，官吏先算好费用才给钱，就不再有盈余了，造出来的船轻薄易坏，水道运输因而每况愈下。

李晟勿依天象行

李晟之屯渭桥也，荧惑守岁①，久乃退，府中皆贺曰：『荧惑退，国家之利，速用兵者昌。』晟曰：『天子暴露，人臣当力死勤难，安知天道邪？』至是乃曰：『前士大夫劝晟出兵，非敢拒也。且人可用而不可使之知也。夫唯五纬盈缩不常，晟惧复守岁，则吾军不战自屈矣！』皆曰：『非所及也！』

【梦龙评】田单②欲以神道疑敌，李晟不欲以天道疑军。

【注释】

①荧惑守岁：荧惑指火星，岁指木星。荧惑守岁是指火星出于木星之旁，古人认为国将有灾。

②田单：战国时齐临淄人，官至相国，封平都君。

【译文】

唐朝人李晟（727—793，字良器，洮州临潭人，唐代名将，官至太尉兼中书令，封西平郡王。）屯兵于东渭桥。这时天上冲犯岁星，很久才退去，李晟府中人都祝贺说：『荧惑退去，对国家有利，加紧进攻一定胜利。』李晟说：『天子流落在外，人臣应当拼上性命保护王，哪还去讲究什么天象之道呢？』等攻克长安以后，（原文『至是乃曰』于文义不通，据《通鉴》当为『既克长安，乃曰』。）李晟才说：『前些时府中幕僚劝我出兵，我是不能拒绝的。而且一般人只可命令他们做事，要使他们了解为什么是这样的是不可能的，天上五星变化无常，我担心若荧惑星再来守住岁星，用星象之说岂不让我军不战自败了吗！』大家都说：『我们都没有想到这一点啊！』

【梦龙评】田单想用神道来迷惑敌人。李晟不想用天道惑乱自己的部队。

吕端拒拜皇帝

仁宗时，大内[①]灾，宫室略尽。比晓，朝者尽至，日晏，宫门不启，不得闻上起居。两府请入对，不报。久之，上御拱宸门楼，有司赞谒，百官尽拜楼下。吕文靖[②]端独立不动，上使人问其意，对曰：『宫庭有变，群臣愿一望天颜[③]。』上为举帘俯槛见之，乃拜。

【注释】

①大内：皇宫。

②吕文靖：吕端，谥文靖，时为宰相。

③天颜：皇帝的面容。

【译文】

宋仁宗时，皇宫发生火灾，宫殿都被烧毁。天刚亮，上朝的臣子都到齐了；快到中午时，宫门还不开，没有办法向仁宗请安。两府的臣子请求入宫，也没有得到回信。过了很久，仁宗亲自来到拱宸门楼，侍卫在楼上呼喝群臣拜见，百官一起在楼下跪拜。只有吕端站立不动。仁宗派人问他何意，吕端回答说：『宫殿发生火灾，群臣都想见一见圣颜。』仁宗于是拉开帘子，靠着栏杆向下看，吕端这才跪拜。

两太监私送玉玺

赵汝愚与韩侂胄既定策，欲立宁宗，尊光宗为太上皇。汝愚谕殿帅[①]郭杲，以军五百至祥禧殿前祈请御宝[2]。杲入，索于职掌内侍羊骃、刘庆祖。二人私议曰：『今外议汹汹如此，万一玺入其手，或以他授，岂不利害！』。于是封识空函授杲[3]。二珰取玺从间道诣德寿宫，纳之宪圣[4]。及汝愚开函奉玺[5]之际，宪圣自内出玺与之。

【梦龙评】玺何等物，而欲以力取、以恩献？此与绛侯请间[6]之意同。功名之士，未闻道也。绝大一题目，而好破题被二阉做去。惜夫！

【注释】

①殿帅：卜殿前司都指挥使，掌护卫京师皇宫。

②御宝：皇帝印玺。

③杲：宦官的别称。

④宪圣：宪圣慈烈吴皇后，宋高宗妃。

⑤开函奉玺：献于新即位之宁宗。

⑥绛侯请间：二绛侯周勃等既诛诸吕，议召代王刘恒为帝（即汉文帝）。刘恒至长安北之渭桥，群臣拜谒称臣，刘恒下车答拜。太尉周勃进曰：『愿请问。』意欲向空寂之处，另有所陈，不愿于众前声张也。此时代国中尉宋昌曰：『所言为公，则公开言之；所言为私，则王者无私。』周勃乃跪上天子玺符。

【译文】

南宋时赵汝愚和韩侂胄商定计策，要拥立宋宁宗为皇帝，并尊光宗为太上皇。赵汝愚命令殿帅郭杲带领五百名士兵到祥禧殿前，请求交出皇帝的玉玺。郭杲入宫，向掌管玉玺的太监索取。羊驷、刘庆祖两人私下商议道：『目前外面如此混乱，万一玉玺落到他手中，或他再将玉玺给了别人，岂不误了大事？』于是就封好一个空印盒交给郭杲，两个内侍带着玉玺从捷径前往德寿宫，将玉玺交给宪圣太后。芷宁宗即位，打开印盒要接取玉玺时，宪圣太后才从德寿宫内拿出玉玺交给他。

【梦龙评】玉玺是何物，岂能用武力索取，用私恩来奉献？这与汉朝绛侯周勃向天子献玺，而要求当众开释是一样的道理。赵汝愚和韩侂胄两个热衷功名的大臣，却不知道这个理。这么大的好文章，却让两个宦官做了，可惜呀！

王旦不争目睫

文正公①之婿韩公②，例当远任③，公私以语其女曰：『此小事，勿扰。』一日谓女曰：『韩郎知洋州④矣。』女大惊，公曰：『尔归吾家，且不失所。吾若有所求，使人指韩郎妇翁奏免远适，累其远大也。』韩闻之，曰：『公待我厚如此！』后韩终践二府。

【梦龙评】古人自爱爱人，不争目睫⑤，类如此。

【注释】

①文正公：王旦，谥文正。

②韩公：韩亿，王旦长女之婿，举进士，历知永城、洋州、相州，有治声。仁宗时累官尚书左丞。

③例当远任：韩亿初由知县擢知州，照例先试以边远之州。

④洋州：在今陕西洋县。

⑤不争目睫：不争眼前得失。

【译文】

王文正公（王旦）的女婿是韩亿，按惯例必须调任偏远的地方，文正公私底下对他的女儿说：『这种小事，不要担心。』

有一天他对女儿说：『韩郎马上调任洋州知州了。』

女儿大惊。

文正公说：『你回我们家，还不致流离失所。但是，我如若有所请求，让人去拜见韩郎的父母，启奏皇上取消韩郎的远调，恐怕会连累他将来的升迁。』

韩亿听到这些话，说：『感谢岳父对我如此厚爱。』

后来韩亿果然升任枢密、中书两府。

【梦龙评】古人自爱又知爱人，不争取眼前之利，就类似这种情形。

公孙仪拒受贿赂

公孙仪[1]相鲁，而嗜鱼，一国争买鱼献之，公仪子不受。其弟谏曰：『夫子嗜鱼而不受者，何也？』对曰：『夫唯嗜鱼，故不受也。夫既受鱼，必有下人之色，将枉于法；枉于法，则免于相；免于相，虽嗜鱼，其谁给之？无受鱼而不免于相，虽不受鱼，能长自给鱼。』此明夫恃人不如自恃也！

【注释】

①公孙仪：公仪休，公仪为复姓，春秋时，以德才兼备被任为鲁国的相国。史称其为相时：『奉法循理，无所变更，百官自正。使食禄者不得与下民争利，受大者不得取小。』

【译文】

春秋时，鲁国公孙仪当了相国，他特别爱吃鱼，国内的人都争买鱼送给他，他一概不接受。他的弟弟劝他说：『您喜欢吃鱼却不接受别人送的鱼，这是为什么呢？』公孙仪回答说：『正因为我喜欢吃鱼，我才不能收别人送的鱼。收下别人送的鱼，必须要对别人低声下气感恩以报，可能会违法，违法就免除了相位，相位免了，尽管爱吃鱼还会有谁供给呢？不接受别人送的鱼，就不会因此被罢相，虽然没有吃到别人送的鱼，但能长期自己给自己买鱼吃。这就说明了依靠别人不如靠自己呀！』

住持丢弃瓷宝碗

巴东[①]下岩院主僧，得一青瓷碗，携归，折花供佛前，明日花满其中。更置少米，经宿，米亦满；钱及金银皆然。自是院中富盛。院主年老，一日过江简[②]田，怀中取碗掷于中流。弟子惊愕，师曰：『吾死，汝辈宁能谨饬[③]自守乎？弃之，不欲使汝增罪也。』

【梦龙评】沈万三家有聚宝盆，类此。高皇取试之，无验，仍还沈。后筑京城，复取此盆镇南门下，因名聚宝门云。

【注释】

①巴东：县名，在今湖北省西部。

②简：检查。

③谨饬（chì）：谨慎，能约束自己的言行。

【译文】

巴东下岩院的住持拾得一个青瓷碗，把它带回寺里。他摘了几枝花插着，供奉在佛像前。第二天，碗中长满了花；又换一些米装在碗里，一夜后，米也满了，装钱或者金银都能产生这种现象。从此以后，下岩院的僧侣，生活也富裕多了。

住持年老之后，有一天在渡江时，竟拿出怀中的碗投入江水中，弟子们非常惊讶。住持说：『我死了以后，你们还能像这样谨慎自守吗？把碗丢掉，是不想使你们增加罪过。』

【梦龙评】沈万三家中有聚宝盆与此相似，明太祖高皇帝拿来试验无效，又还给沈氏。后来建筑京城，又取这聚宝盆镇在南门下，因而南门叫聚宝门。

钱翁买房出高价

东海钱翁，以小家致富，欲卜居①城中。或言：『某房者，众已偿价七百金，将售矣，亟往图之！』翁阅房，竟以千金成券②。子弟曰：『此房业有成议，今骤增三百，得无益乎？』翁笑曰：『非尔所知也。吾侪③小人，彼违众而售我，不稍溢，何以塞众口？且夫欲未餍④者，争端未息。吾以千金而获七百之舍，彼之望既盈，而他人亦无利于吾屋。歌斯哭斯，从此为钱氏业无患矣！』已而他居多以价亏求贴，或转赎，往往成讼，唯钱氏帖然⑤。

【注释】

①卜居：择地居住。

②券：契据。

③吾侪（chái）：同类，咱们。

④餍（yàn）：饱，吃饱，引申意为满足之意。

⑤帖然：妥当，安帖。

【译文】

东海地方有位姓钱的老人，从小户人家发财致富，他想迁到城里住。有人告诉他说：『有一处房宅，想买的人们已经出价到七百两银子，房子快卖出去了，你赶快去把它买下来吧。』钱翁去看了房宅，竟以一千两银子立下了契约。他家中的子弟问他道：『这座房宅已经有谈好的价钱，现在您突然又增加了三百两，是不是太高了？』钱翁笑了笑说：『这就是你们不懂了。我们原本是小户人家，他推掉了那么多人而把房宅卖给了我，不提高些价钱，怎么堵住众人的嘴？而且达不到房主的欲望的话，就会有没完没了的争端。我用一千两买下他价值七百两的房宅，已经超出了他的欲望了，别人也不会再超出一千之数吃亏来买我这处房宅。不管将来是好是歹，反正我不发愁不是我们钱氏的家业了。』不久城中别处出售的房产，很多认为卖亏了要求补找，有的要转手再赎回，往往打起官司来，只有钱家买的这处房宅，妥帖安然。

通简卷三

【导读】

本卷所集的故事说明了通简的可贵。通，即通达事理；简，即化繁为简，化大事为小事，以最简捷的办法解决看起来很复杂的问题。汉代曹参入相后，一切遵守萧何原来的法规而无所兴废；北宋的李及为人持重，不改前任所立的尽善尽美的规章；北宋的赵普烧掉各地投送来的建议兴利除弊的文章，皆可谓得道家无为而治之精髓。明代的高拱不轻率对贵州土司用兵；倪文毅主张对违抗朝廷政令的云南孟密宣抚司先抚后征；吴惠不畏艰险，深入苗境宣之朝廷抚慰之意，都避免了劳民伤财的战争。北宋雄州知州李见则不罢宴救兵器库之火；郓州知州杜曤不大索妖言惑众者；度支判官苏颂在宾馆失火时不躲避，不让州兵救火，都是在危乱之时镇静自若而将隐藏的大患化为乌有。西汉的龚遂治理渤海群；朱博以豪强无赖尚襟为耳目侦探抢劫、杀人等案件；北周的韩褒以豪右桀黠少年督捕盗犯；南宋朝的王敬则以偷举偷，都是深明通简之理，才将复杂的案件轻而易举地处理好。宋太宗托醉而不责纷争失仪的大臣，既使大臣自警，又保全朝廷之体；明代耿楚侗不逐治恶僧避免了大官司；唐代裴度不急查丢失的官印才使官印失而复现；郭子仪以坦诚感化鱼朝恩等，都是善于将大事化小、小事化了的例子。或以快捷取胜，『快刀斩乱麻』；或以缓成事功，都得『简』之要诀。

【原文】

世本无事，庸人自扰；唯通则简①，冰消日皎。

【注释】

①唯通则简：为人只有通达事理，才能处事简要可行。

【译文】

世上本无事，庸人自相扰。只要心智通达，繁杂的事务处理起来就会变得简单明了。如同太阳一出，自然冰消雪化。

文宗赏赐相扑人

文宗①将有事南郊，祀前，本司②进相扑人。上曰："我方清斋，岂合观此事？"左右曰："旧例皆有，已在门外祇候③。"上曰："此应是要赏物。可向外相扑了，即与赏物令去。"又尝观斗鸡，优人称叹："大好鸡！"上曰："鸡既好，便赐汝！"

【梦龙评】既不好名，以扬前人之过；又不好戏，以开幸人之端，觉革弊更纷，尚属多事。此一节可称圣主。

【注释】

①文宗：唐文宗李昂。

②本司：该司。司，分管事务的官署。

③祇（zhī）候：恭敬地等候着。

【译文】

唐文宗李昂将要到京城南郊举行祭天活动。去祭祀之前，主管官员奏道，已将相扑手带来了。文宗说：『我正在清静斋戒，怎么能看相扑？』侍臣们说：『按旧例祭天前都有观看相扑的项目，相扑手已在门外等候了。』文宗说：『这只是想要赏赐东西，可让他们就在外面相扑，就给他们赏赐东西命令他们离去。』又有一次文宗看斗鸡，旁边一个优伶称叹道：『好一只大公鸡。』文宗说：『鸡既然好，就把鸡赏给你吧。』

【梦龙评】唐文宗既不追求好名声，以宣扬前人的过；又不沉溺于嬉戏之中，以开启奸佞之人寻得宠幸的门。他深知为了革除弊政而把制度左更右改，实在是多事举。唐文宗在这件事上可称为圣主。

太宗不罚醉酒臣

孔守正①拜殿前都虞侯②。一日侍宴北园，守正大醉，与王荣论边功于驾前，愤争失仪。侍臣请以属吏，上弗许。明日俱诣殿廷请罪，上曰：『朕亦大醉，漫不复省。』

【梦龙评】以狂药饮人，而责其勿乱，难矣。托之同醉，而朝廷之体不失，且彼亦未尝不知警也。

【注释】

①孔守正：北宋初浚仪（今属河南开封市）人，宋太祖时，凭才勇官累骁雄副指挥使、昌化军、安化军留后。

②殿前都虞侯：官名，掌管殿前诸班值与步骑诸指挥的名籍以及训练等事宜。

【译文】孔守正任殿前都虞侯。有一天，在北园侍奉宋太宗宴饮时，守正大醉，与王荣在太宗面前议论边塞战功的事，因愤怒而争吵失态。左右侍臣请求把他们交付给官吏处置，太宗不允许。

第二天，两人一起到朝廷请罪，太宗说：『朕也喝得大醉，不记得发生了什么事。』

【梦龙评】让人喝酒而规定他不能乱性是很难的。假称一起喝醉，并不失朝廷的体制，且他们也未尝不知道警惕。

老隶善管理用人

宋御史台有老隶，素以刚正名，每御史有过失，即直其梃，台中以梃为贤否之验。范讽①一日召客，亲谕庖人以造食，指挥数四；既去，又呼之，叮咛告诫。顾老吏梃直，怪而问之。答曰：『大凡役人者，授以法而责以成。苟不如法，自有常刑，何事喋喋？使中丞宰天下，安得人人而诏之！』讽甚愧服。

【梦龙评】此真宰相才，惜乎以老隶淹也！绛县老人仅知甲子，犹动韩宣②之惜，如此老隶而不获荐剡，资格束人，国家安得真才之用乎！若立贤无方，则萧颖士③之仆，颖士御仆甚虐，或讽仆使去，仆曰：『非不欲去，爱其才耳！』可为吏部郎；甄琛之奴，琛好弈，通宵令奴持烛，睡则加挞。奴曰：『郎君辞父母至京邸，若为读书，不辞杖罚，今以弈故横加，不亦太非理乎！』琛惭，为之改节。韩魏公之老兵，公宴客，睹一营妓插杏花。戏曰：『髻上杏花真有幸。』妓应声曰：『枝头梅子岂无媒！』席散，公命老兵唤妓。已而悔之，呼老兵，尚在。公问曰：『汝未去邪？』答曰：『吾度相公必悔，是以未去。』可为师傅、祭酒④。其他一才一伎，又不可枚举矣。

【注释】

①范讽：字补之，北宋齐州（今山东济南市）人，以阴补将做监主簿，累官龙图阁学士。

②韩宣：字景然，三国曹魏渤海（在今河北沧县东南）人，明帝时官至尚书大鸿胪。

③萧颖士：字茂挺，唐兰陵（山东苍山县兰陵镇）人，开元进士，官累秘书正字、扬州功曹军等。

④祭酒：古代飨宴时酹酒祭神的长者，后以泛称年长或位尊者。

【译文】

宋朝御史台中有一位老官吏，一向以刚强正直闻名，每逢御史有过错，就拿直他的梃杖。御史台中都用老官吏的梃杖，判断御史的贤明与否。

有一天，御史范讽为了招待亲友，指示厨师该如何烹煮食物，再三指使。厨师走了又把他叫回来，叮咛告诫不已。

范讽回头看到这位老官吏拿直他的梃杖，就非常奇怪地问他，他回答说：『凡是要役使他人做事，必须先告诉他做事的方法，然后督促他完成。如果他没有依法完成，自然有法规来处置他，何须如此喋喋不休？如果让你主宰天下之事，怎么可能每个人都去训斥他？』

范讽既惭愧又佩服。

【梦龙评】这真是宰相的人才，可惜由于身为老隶而被埋没，绛县老人仅六十岁，还被韩宣叹为可惜，如此岁数而一直没有被推荐。若以资格限制人，国家怎能得到真正的人才呢？假如任用贤人可以不受限制，那么萧颖士的仆人（颖士对仆人很严厉，他让仆人离他而去做官，仆人说：『不是不想走，是爱惜你的才能！』）也可以做吏部侍郎；甄琛好下棋，甄琛令其奴仆通宵举烛照明，睡觉则鞭挞奴仆，不让睡觉。奴仆说：『我地位卑下，远离父母到京，为了读书，不怕杖罚。现在您下棋，对我横加干涉，岂不是太不近情理！』甄琛很惭愧，随后改正了自己的错误。韩魏公有一个老兵。有一天，魏公宴客，看见一营妓插杏花，开玩笑说：『鬓上杏花真有幸。』妓回答说：『枝头梅子岂无媒。』席散后，魏公让老兵召唤营妓去。不久，魏公后悔了，召唤老兵，还没有去。魏公问他为何没去，老兵说：『我猜您一定会后悔，所以未去。』这个老兵可以作为师父和老者，受人尊敬。其他有才能的人，举不胜举。

光武烧书定人心

光武诛王郎①，收文书，得吏人与郎交关谤毁②者数千章。光武不省③，会诸将烧之，曰：『令反侧子④自安！』

【梦龙评】宋桂阳王休范举兵浔阳⑤，萧道成⑥击斩之。而众贼不知，尚破台军而进。宫中传言休范已在新亭⑦，士庶惶惑，诣垒投名者以千数。及到，乃道成也。道成随得辄烧之，登城谓曰：『刘休范父子已戮死，尸在南冈下。我是萧平南，汝等名字，皆已焚烧，勿惧也！』亦是祖光武之智。

【注释】

①王郎：王莽末年义军首领，自立为帝，后为光武帝刘秀所诛。

②交关谤毁：互相串通，毁谤刘秀的信件。

③不省：不理会。
④反侧子：指毁谤过刘秀，心怀惶恐的人。
⑤桂阳王休范：指刘休范，南朝宋文帝第十八子，封桂阳王，为中书监、中军将军，出为江州刺史，后反叛被杀。浔阳：古县名，即今江西九江市。
⑥萧道成：即南齐高帝，南朝齐的建立者，479—482年在位。
⑦新亭：古地名，旧址在今江苏省南京市南。

【译文】

东汉光武帝刘秀诛杀了河北王郎后，收缴了许多书信文件，看其中自己属下的官员与王郎串通，对自己加以诽谤诬蔑的有几千件之多。刘秀不加细阅，就命令众将把这些文书都烧掉，他说：『让那些原来怀有二心的人安心吧！』

【梦龙评】南朝宋国桂阳王刘休范在浔阳举兵谋反，被萧道成所杀，而他的同党不知情，还向都城的官军攻击。宫中传说刘休范已进军到达新亭，城里士大夫和百姓都惶恐不安，到军营来报姓名投降效忠的有上千人。等到大军抵达城下，才知道是萧道成的军队。萧道成一接到名条就立即烧掉，上城楼对他们说：『刘休范父子已经被我所杀，尸体在南山下。我是萧平南，你们投降的名单都烧了，不必害怕！』他这是效法汉光武帝的智谋。

吴知府安抚蛮苗

吴惠①为桂林府知府，适义宁洞②蛮结湘苗为乱，监司方议征进，请于朝。惠亟白曰：『义宁吾属地，请自招抚，不从而征之未晚。』乃从十余人，肩舆③入洞。洞绝险，山石攒起如剑戟，华人不能置足，徭人则腾跣④上下若飞。闻桂林太守到，启于魁，得入。惠告曰：『吾，若属父母，欲来相活，无他。』众唯唯。因反覆陈顺逆。其魁感泣，留惠数日，历观屯堡形势，数千人卫出境，歼羊豕境上。惠曰：『善为之，无遗后悔！』数千人皆投刀拜，誓不反。归报监司，遂罢兵。明年，武冈州⑤盗起，宣言推义宁洞主为帅。监司咸罪惠，惠曰：『郡主抚，监司主征，蛮夷反覆，吾任其咎！』复遣人至义宁。义宁瑶从山顶觇得惠使，具明武冈之冤。监司大惭，武冈盗因不振。义宁人德惠如父母，迄惠在桂林，无敢有骚窃境上者。

【注释】

①吴惠：字孟仁，明吴县（今属江苏省）人，弘治进士，授行人，官累桂林知府、广东参政。

②义宁：古县名，治所在今广西临桂县西北。洞：古代指南方少数民族的部落单位。

③肩舆（yú）：轿子。

④跣（xiǎn）：赤脚。

⑤武冈州：州名，治所在武冈（属湖南省），辖境相当于今湖南省西南部、资水上游。

【译文】

明朝吴惠为桂林府知府时，适逢义宁（在今广西桂林北）洞蛮联合湖南苗族人叛乱，监司官员正计议着进兵征剿，向朝廷请示。吴惠听说后急速报告说：『义宁是我管辖的地方，请允许我自己前去招抚。如果他们不听从，再征剿也不晚。』于是他带领十几名随从，坐着轿子往洞蛮聚居的地方去。这些地方都十分险要，山石像剑戟一般平地拔起，汉人攀登时连立脚的地方也没有，而瑶人赤脚腾跃像飞一般上下。听说是桂林太守来了，报告了洞蛮头人，吴惠一行人被允许进入聚居处洞中。惠告诉他们说：『我是你们的父母官，是来挽救你们的，没有别的用意。』众人唯唯应诺。吴惠接着反复陈说顺逆的道理，头人感动得流下了眼泪，挽留吴惠住了几天，考察了屯堡的形势，几千人护卫他们出境，临别时在边境杀猪羊立盟誓。吴惠说：『你要好自为之，不要留下后悔的事！』几千瑶民放下刀跪拜，发誓决不反叛朝廷。吴惠回来后，向监司禀报了事情经过，于是决定不再征剿。第二年，湘南武冈州贼起兵，宣布说是推戴义宁洞首领为统帅。监司官员都怪罪吴惠，吴惠说：『知府主张招抚，监司却主张征剿，使得蛮夷出现反复，我愿承担责任！』他又派人到义宁洞去。义宁瑶民从山顶上看见吴惠的人来了，向他详细说明所谓武冈盗推义宁洞主为帅，全是武冈盗贼的谎言。来人回去说明情况后，监司官员大为羞惭，武冈贼盗因此一蹶不振。义宁瑶人对吴惠像亲生父母一般尊重，自从吴在桂林任职，没有人敢在境内骚乱破坏。

龚太守智退叛民

宣帝时，渤海左右郡岁饥，盗起，二千石①不能制。上选能治者，丞相、御史举龚遂②可用，上以为渤海太守。时遂年七十岁，召见，形貌短小，不副所闻。上心轻之，问：『息盗何策？』遂对曰：『海濒辽远，不沾圣化，其民困于饥寒而吏不恤，故使陛下赤子盗弄陛下之兵于潢池中耳。今欲使臣胜之耶，将安之也？』上改容曰：『选用贤良，固将安之。』遂曰：『臣闻治乱民如治乱绳，不可急也。臣愿丞相、御史且无拘臣以文法，得一切便宜从事。』上许焉，遣乘传[3]至渤海界。郡闻新太守至，发兵以迎，遂皆遣还，移书敕属县：『悉罢逐捕盗贼吏。诸持钽、钩等田器者皆为良民，吏毋得问，持兵者乃为盗贼。』遂单车独行至府。盗贼闻遂教令，即时解散，弃其兵弩而持钩、钽。

【梦龙评】汉制，太守皆专制一郡，生杀在手，而龚遂犹云『愿丞相、御史无拘臣以文法』，况后世十羊九牧，欲冀[4]卓异之政，能乎？

古之良吏，化有事为无事，化大事为小事，蕲于为朝廷安民而已。今则不然，无事弄作有事，小事弄作大事，事生不以为罪，事定反以为功。人心脊脊[5]思乱，谁之过与？

【注释】

①二千石：指郡守。

②龚遂：初为郎中令，宣帝初为渤海太守，有治绩，后征为水衡都尉。

③乘传：驿车。

④冀（jì）：希望。

⑤脊脊：互相践踏和喧闹的声音。

【译文】

汉宣帝时，渤海附近的州郡年末饥馑，盗贼群起，领俸二千石的高官都没有办法制止。宣帝要选有管理能力的人，丞相御史推荐龚遂可以前往。宣帝就封他为渤海太守。

当时龚遂已经七十岁，宣帝召见他，见他身材矮小，不如传闻中的强壮，心生轻视，便问他用何方法可平息盗贼。

龚遂回答说：『海滨之地距朝廷遥远，没有经历圣明的教化，当地人民饥寒交迫，但是官吏都不加以抚恤，因此才使区区小贼在潢池之中玩弄陛下的大军。现在派臣前往，是想战胜他们，还是安慰他们呢？』

宣帝改变脸色道：『选用贤良人才，当然是要安抚他们。』

龚遂说：『微臣听说管理乱民好似整理乱绳，不可心急。希望丞相御史暂且不要以条文法令来约束微臣，使微臣可以不用请示，依照情形行事。』

宣帝答应他。于是龚遂乘驿马到达渤海边。郡吏听说新太守来到，带兵相迎，龚遂即将他们打发回去，然后下令所属的郡县，全部罢免捉捕强盗的役吏，并指出拿锄头等耕田器具的人都是良民，官吏不得拿问，只有拿兵器的人才是盗贼。龚遂单独乘车到郡府，盗贼听到龚遂的教令，于是立即解散，抛弃兵器，改持锄头等耕田工具。

【梦龙评】汉制，太守专掌一郡政事，生杀之权在握，而龚遂还说：『希望丞相御史不要以条文法令来约束微臣。』何况后世民少官多，还希望会有卓越的政绩吗？

古代的良吏，化有事为无事，化大事为小事，只求为朝廷安定百姓而已。如今却不是这样，无事弄得有事，小事弄成大事，发生事情不认为有罪，事情平定后反而认为有功。人心因而蠢蠢欲动，拼命想要造反，是谁的过失呢？

徐敬业巧平贼寇

高宗①时，蛮群聚为寇②，讨之则不利，乃以徐敬业③为刺史。彼州发卒郊迎，敬业尽令还，单骑至府。贼闻新刺史至，皆缮理以待。敬业一无所问，处分他事毕，方曰：『贼皆安在？』曰：『在南岸。』乃从一二佐吏而往，观者莫不骇愕。贼初持兵觇望，及其船中无所有，乃更闭营藏隐。敬业直入其营内，告云：『国家知汝等为贪吏所苦，非有他恶，可悉归田，后去者为贼！』唯召其魁首，责以不早降，各杖数十而遣之，境内肃然。其祖英公④闻之，壮其胆略，曰：『吾不办此。然破我家者，必此儿也！』

【注释】

①高宗：唐高宗李治，649—683年在位。

②蛮群聚为寇：此条出自刘餗《小说》，未明言『群蛮』为何州之蛮。据徐敬业为柳州司马事，似为柳州之蛮。柳州在今广西柳州。然史未载高宗时有柳州之蛮为寇事，疑此不过为小说家言。

③徐敬业：唐初勋臣英国公李勣之长孙，勣死，袭英国公爵。坐事贬柳州司马，后于扬州起兵反武则天，兵败被部下所杀。

④英公：英国公徐勣，赐姓李，故又称李勣。字懋功，隋末为瓦岗军将领，归唐授黎州总管。从李世民征伐，平窦建德、王世充、刘黑闼等有功。太宗时为并州都督，降突厥，破薛延陀。高宗时拜尚书左仆射，进司空，率兵平高丽。

【译文】

唐高宗时，蛮夷聚集为寇，朝廷出兵征讨往往不利，就以徐敬业为刺史。该州发兵到郊外迎接，徐敬业命令他们全部回去，独自骑马至郡府。

贼寇听说新刺史到了，全部严阵以待。徐敬业一概不问，等处理完别的事以后，才说：『贼兵在哪里呢？』

有人回答说：『在南岸。』

徐敬业就带着两个助理官吏前去，旁观的人惊恐万分。

贼兵初时整兵观望，后来看见船里空无所有，就关起营门；徐敬业直接打开营门，走进贼营，对他们说：『国家知道你们是被贪官污吏所害，无其他罪过，都可以回到田里去，最后离开的人就是贼寇。』

于是只让首领过来，责备他不早点投降，各罚数十杖后，送他们回去。境内顿时平静。

他的祖父英国公李勣听到这件事后，对他的胆识亦喜亦忧，说：『我从不这么冒险做事。然而将来败坏我们家名声的，必定是这个孩子。』

王敬则以贼抓贼

敬则[1]为吴兴太守。郡旧多剽掠，敬则录[2]得一偷，召其亲属于前，鞭之数十，使之长扫街路，久之，乃令举旧偷自代。诸偷恐为所识，皆逃走，境内以清。

【梦龙评】辱及亲属，亲属亦不能容偷矣。唯偷知偷，举偷自代，胜用缉捕，人多多矣！

【注释】

①敬则：王敬则，南北朝时人，仕宋为员外郎，与萧道成善，倾心事之。后为越骑校尉，助萧道成代宋为帝，封为浔阳郡公。

②录：逮捕。

【译文】

南齐人王敬则担任吴兴太守时，郡中一向有很多抢夺盗窃的事。王敬则捉到一名小偷，召见他的亲属到面前来，鞭打他数十杖，派他长久扫街道。过了很久，又命令他举出以前的小偷来顶替，那些小偷害怕被认出来，都逃走了，境内因此得到清静。

【梦龙评】羞辱到自己的亲属，亲属也容不了他。只有小偷才知道谁是小偷，要他检举人出来顶替自己，比用捕快快多了。

大程智罚强盗

广济[①]蔡河出县境，濒河不逞之民，不复治生业，专以胁取舟人钱物为事，岁必焚舟十数以立威。明道始至，捕得一人，使引其类，得数十人。不复根治旧恶，分地而处之，使以挽舟为业，且察为恶者。自是境无焚舟之患。

【梦龙评】胁舟者业挽舟，使之悟絜矩[②]之道，此大程先生所以为真道学也！

【注释】

①广济：县名，在今湖北省。

②絜（xié）矩：儒家的伦理思想。『絜』是量度的意思，『矩』是制造方形的工具，象征着道德上的示范作用。

【译文】

北宋时，广济渠、蔡河流经扶沟县境。临河的一些不法之徒，不再从事生产，专门敲诈来往船上人的钱财过日子，每年必定要寻衅烧掉十来条船以逞淫威。程颢（世称明道先生）刚来扶沟任知县，把这帮人抓住了一个，让他检举同伙，共逮捕了几十个人。程也不再追究他们过去的罪过，沿河分地段安置他们，让他们以拉纤为职业，并且兼侦查那些还敢沿河作恶的人。从这以后，县境内没有出现过船只被焚烧的案件。

【梦龙评】命令抢船的人以拉船为生，使他们领悟做人的道理，这就是大程先生真正道学家的本色。

王子醇巧平贼寇

王子醇[1]枢密帅熙河日[2]，西戎[3]欲入寇，先使人觇我虚实。逻者得之，索其衣缘中，获一书，乃是尽记熙河人马刍粮之数。官属皆欲支解以徇，子醇忽判杖背二十，大刺『番贼决讫放归』六字，纵之。是时适有戎兵马骑甚众，刍粮亦富，虏人得谍书，知有备，其谋遂寝。

【注释】

①王子醇：王德元。宋神宗时上《平戎策》三篇，神宗异其言，召问方略，任管干秦、凤经略司机宜攻字。因按边，谕降蕃部俞龙珂率属二万口内附。累破羌兵，拜枢密副使。

②熙河：熙州、河州，为北宋西部边防重镇，而河州时为羌人所占。

③西戎：指居于甘肃、青海一带的羌人。

【译文】

明朝人王子醇以枢密使身份镇守熙河时期，西戎企图入侵。他们先派密探来探听北宋的虚实，被巡逻的人捉到了。在密探的衣缝中搜出一封信，信中记载熙河人马粮草的数目。官兵大都主张将此人肢解示众，王子醇却命令打他二十大板，并在他的脸上刺了『番贼决讫放归』六字，然后放回。

当时边境上集结很多朝廷兵马，粮草也很丰富。西戎得到间谍的报告，知道本朝有备，入侵的阴谋因而放弃。

刘舜卿智斗敌寇

元丰间，刘舜卿知雄州①，虏夜窃其关锁去，吏密以闻。舜卿不问，但使易其门键大之。后数日，虏谍送盗者，并以锁至。舜卿曰：『吾未尝亡锁。』命加于门，则大数分，并盗还之。虏大惭沮，盗反得罪。

民有诉为契丹殴伤而遁者，李允则不治，但与伤者二千钱。逾月，幽州②以其事来诘，答曰：『无有也。』盖他谍欲以殴人为质验。既无有，乃杀谍。

【注释】

①刘舜卿：字希元，北宋开封（今开封市）人，元丰中知熙州，官累军马都虞候、徐州观察使。雄州：州名，治所在归义（今雄县），辖境相当于河北雄县等地。

②幽州：本为中原政权的州名，983年，契丹将此改为幽都府，建号南京，此指契丹人。

【译文】

宋神宗元丰年间，刘舜卿任雄州知州。有一天晚上，城门的钥匙被盗。役吏暗中前来报告，刘舜卿也不多问，只派人把门锁改大。几天后，有敌方奸细故意把小偷送来，同时带来了钥匙。刘舜卿说：『我没有遗失钥匙啊！』命人拿那把钥匙去开锁，竟相差了好几分，就把小偷还给他。敌方非常惭愧，反而怪罪小偷。

宋朝时有人控告被契丹人殴伤，但是对方逃跑了，李允则不管，只给受了伤的人两千钱。一个月后，幽州方面来请示这件事，李允则回答说：『没有啊！』

原来契丹的其他间谍要把涉嫌殴伤人的契丹人送来做人质，既然查证没有这件事，就杀了原来的间谍。

李元轨杀一儆百

霍王元轨[1]为定州刺史时，突厥入寇，州人李嘉运与虏通谋。事泄，高宗令元轨穷其党与[2]。元轨曰：『强寇在境，人心不安，若多所逮系，是驱之使叛也。』乃独杀嘉运，余无所问，因自劾违制。上览表大悦，谓使者曰：『朕亦悔之。向无王，则失定州矣！』

【注释】

①霍王元轨：李元轨，唐高祖子，封霍王，官历寿、绛、徐等州刺史。

②党与：同党之人。

【译文】

霍王李元轨任定州刺史时，突厥入侵，州人李嘉运和敌人相互串通。事情泄露出来，高宗命令李元轨缉拿他的党羽。

李元轨说：『强敌在边境上，人心不安，假如逮捕太多人，会促使他们反叛。』就只杀李嘉运，其余的人一概不追究，然后再自己检讨违背圣旨的罪状。

高宗看了表章，特别高兴，对使者说：『朕也非常后悔，如果没有霍王，定州就要失守了。』

吕公孺劝阻逃兵

吕公孺①知永兴军，徙河阳②。洛口③兵千人，以久役思归，奋斧锸排关④。不得入，西走河桥，观听汹汹。诸将请出兵掩击，公孺曰：『此皆亡命，急之变且生。』即乘马东去，遣牙兵⑤数人迎谕之，曰：『汝辈诚劳苦，然岂得擅还之？渡桥，则罪不赦矣！太守在此，愿自首者止道左。』皆伫立以俟。公孺索倡首者，黥一人，余复送役所，语其校曰：『若复偃蹇⑥者，斩而后报。』众贴息。

【注释】

①吕公孺：夷简子，公著弟。宋仁宗时历知泽、颍、庐、常四州。神宗元丰初，知永兴军。

②徙河阳：迁兴军治所于河阳，河阳在今河南孟州西。

③洛口：洛涧入黄河之口，在今济南北部。

④排关：砸击城门。

⑤牙兵：衙兵，将帅的卫兵。

⑥偃蹇：傲慢不驯。

【译文】

宋朝时吕公孺治理永兴军，移守河阳。有一千多名洛口的士兵从军很久，很想回乡。他们拿着兵器闯关不成，又向西跑到河桥，喧扰不已。

诸将请派兵前去进攻，吕公孺说：『这些全是亡命之徒，追急了容易发生变乱。』就骑马向东去，派掌旗的士兵数人去劝告他们说：『你们确实很劳苦，但怎能擅自回乡？一旦渡过桥就是死罪。吴太守在此，愿意自首的都站到路边。』

这些人果然都站立等候。

吕公孺查问带头的人，处他黥刑。其余的都遣回部队。吕公孺还对军官说：『如若再有态度桀骜不驯的，可以先斩后报。』

廉希宪智服众贼

廉希宪为京兆四川宣抚使。浑都海反，西川将纽邻奥鲁官将举兵应之。蒙古八春获之，系其党五十余人于乾州①狱，送二人至京兆，请并杀之。希宪谓僚佐曰：『浑都海不能乘势东来，保无他虑。今众志未一，犹怀反侧，彼若见其将校执囚，或别生心，为害不细。可因其惧死，并皆宽释，就发此军余丁往隶八春，上策也。』初八春既执诸校，其军疑惧，骇乱四出，及知诸校获全，纽邻奥鲁官得释，大喜过望，人人感悦。

八春果得精骑数千，将与俱西。

【梦龙评】所以隶八春者，逆知八春力能制之，非漫然纵虎遗患也。八春能死之，希宪能生之，畏感交集，不患不为我用矣！

【注释】

①乾州：州名，今陕西乾县、武功等地。

【译文】

元世祖中统元年（1260年），廉希宪任京兆四川宣抚使。当时浑都海叛乱，四川将领纽邻奥鲁官准备举兵响应，被蒙古将领八春破获，逮捕了他们同党五十多人监禁在乾州（治所在今陕西乾县）监狱中，并将首犯二人送至京兆（即今陕西西安），请求把他们都杀掉。廉希宪对幕僚们说：『浑都海未能乘势东来，可保证没有别的意外发生。但现在各地思想混乱不一，还怀有反叛情绪，西川方面如果见他们的将校军官都被抓入牢中，就可能疑惧而叛乱，那样将造成很大危害。现在可趁着他们怕死的心思，把这些将校都赦免释放，就将这支部队留下的人派遣给八春指挥，这才是上上策。』起初，八春把这些将校军官逮捕后，西川部队士兵疑惧重重，四处乱跑，等知道军官们都获得安全，将领纽邻奥鲁官也被释放，都喜出望外，人人感动喜悦。结果，八春也增加了几千名精锐骑兵，率领着一同向西进军。

【梦龙评】之所以将西川军队隶属于八春统率，是因为预先知道八春有能力制伏管辖他们，不是随意纵虎归山遗留后患的。八春能杀他们，廉希宪能救他们，畏惧与感恩交集，这样一来就不必担心不为我所用。

裴度镇静收印信

公①在中书，左右忽白以失印，公怡然，戒勿言。方张宴举乐，人不晓其故。夜半宴酣，左右复白印存，公亦不答，极欢而罢。人问其故，公曰：『胥吏辈盗印书券，缓之则复还故处，急之则投水火，不可复得矣！』

【梦龙评】不是矫情镇物，真是透顶光明，故曰『智量』，智不足，量不大，则不及。

【注释】

①公：裴度，封晋国公。

【译文】

唐朝人裴晋公（裴度）在中书省任职时，有一天，身边的人突然告诉他印信被盗了。裴公怡然自得，警告他们：『我正在宴客，不要声张。』左右不知为什么。半夜酒饮得畅快时，左右的人又告诉他印信找到了，裴公也不回答，宴会尽欢而散。

有人问他是什么原因，裴公说：『小官员盗印去书写契券，写完就会放回原处，逼急了就会恼羞成怒，再也要不回来了。』

【梦龙评】这不是故作安闲，以示镇静，实在是聪明透顶，所以称为智量。智慧不足，度量不大，是做不到的。

王守仁笼络奸宦

宁藩①既获，圣驾忽复巡游②，群奸意叵测，阳明甚忧之。适二中贵到浙省，阳明张宴于镇海楼。酒半，屏人去梯，出书简二箧示之，皆此辈交通[3]逆藩之迹也，尽数与之。二中贵感谢不已。阳明之终免于祸，多得二中贵从中维护之力。脱此时阳明挟以相制，则仇隙深而祸未已矣。

【注释】

①宁藩：宁王，即朱宸濠。

②圣驾忽复巡游：正德十四年，明武宗自宣府返京，又欲南巡游乐，为群臣死谏而止。及六月，宸濠反。七月王守仁擒宸濠。至八月，捷书未至，武宗下诏亲征，实欲南游。方出师至良乡，守仁捷书至，并云欲献俘阙下。武宗坚持仍以南征为名而南游。

③交通：勾结、通谋。

【译文】

本朝宁王朱宸濠叛乱平定之后，圣驾忽然又决定出巡。一些奸宦用心叵测，王阳明很是忧虑。正好京师有两位宦官来到浙江，王阳明在镇海楼设宴招待他们。待酒喝到一半时，王阳明便命仆人退避，又移走上楼的梯子，拿出两箱书简请两位宦官看，原来都是他们与宁王交往的书信证据，王阳明全数交给他们，两个宦官感谢不已。王阳明始终未遭祸害，还多亏了这两个宦官从中帮忙。假如此时王阳明以书简为据来要挟制约他们，那么仇怨和隔阂便会加深，而祸害也将无穷。

程卓安民服人心

休宁程从元卓[1]守嘉兴时，或伪为倅厅印纸[2]与奸民为市，以充契券之用。流布既广，吏因事觉，视为奇货，谓无真伪，当历加追验，则所得可裨郡计③不少。公曰：『此不过伪造者罪耳。若一一验之，编民并扰。吾以安民为先，利非所急也。』乃喻民有误买者，许自陈，立与换印④。陈者毕至，一郡晏然。

【注释】

①程从元卓：程卓，字从元。南宋孝宗时进士第一。

②倅厅印纸：厅，地方官之副职。厅，官府。印纸，盖以官印的空白公文用纸。

③郡计：州郡的财政收编民——编户在籍之民，即指本地百姓。

④换印：换盖真的官印。

【译文】

宋朝人休宁程卓镇守嘉兴时，有人假造倅厅印纸，与奸民交易，当作契券使用。印纸流传很广，官吏发觉后，当作奇货，认为不论真伪，要一一加以追验，所得收益对州县政府的开支是很有裨益的。

程卓说：『这不过是伪造者的罪过，假如一一追验，连守法的百姓也一并受骚扰，我认为安民最重要，求利不是最紧急的事。』

于是程卓告谕百姓，凡是有误买的人准许说出来，立刻给他换真的。不久，前来陈述的人悉数到齐，一郡也就安然无事。

张文懿为民着想

宋初，令诸路州军创『天庆观』，别号『圣祖殿』。张文懿公时为广东路都漕①，请曰：『臣所部皆穷困，乞以最上律院改充。』诏许之。仍照诸路委监司守臣，亲择堪为天庆寺院，改额为之，不得因而生事。

【梦龙评】一转移间，所造福于民多，所造福于国更多。

【注释】

①张文懿公：字顺之，北宋阴城人，淳化进士，官累同中书门下平章事，封邓国公，卒谥文懿。广东路：路名，相当今广东、海南两省。都漕：官名，州府管理漕运等事宜的官员。

【译文】

宋初，朝廷诏令各路州、军都要创建天庆观，又称『圣祖殿』。张士逊（谥号文懿）当时任广东路都漕，他向朝廷请示道：『微臣所负责的各地区都很穷困，请求以当地最好的寺院改建为天庆观。』朝廷下诏批准了。于是他仍照会各路委派当地监司官员，亲自选择可以改为天庆寺院的地方，将匾额改换而实行，不得借此生事扰乱百姓。

【梦龙评】只稍作改变，就造福人民极多，造福国家更多。

张县令调度有方

张永①授芜湖令，芜当孔道②，使客厨传③日不暇给，民坐困惫。章圣梓宫南祔④，所过都邑设绮纨帐殿，供器冶金为之。又阉宦厚索赂遗，一不当意，辄辱官司，官司莫敢谁何。永于濒江佛寺，垩⑤其栋宇代帐殿，饰供器箔金以代冶，省费不赀，而调度有方，卒无欢呶⑥于境上者。

【注释】

①张永：明嘉靖间人。

②当孔道：地当交通要道。

③使客厨传：对过往使者客人的供应。

④章圣梓宫南祔：明武宗无子，死后由其从弟兴献王之子朱璁熜继位，是为世宗，年号嘉靖。嘉靖三年，世宗为其生母兴献王蒋妃，加尊号为『本生母章圣皇太后』。时兴献王早死，葬于其封国安陆（今湖北省安陆）。后『章圣』死，灵柩应南运至安陆，祔葬于兴献王。

⑤垩：以白灰涂抹。

⑥欢呶：喧哗叫闹。

【译文】

明朝人张永任芜湖县令时，芜湖正处交通要道，供应过往使臣的住宿、饮食等事务十分繁忙，没有空闲，百姓因此非常疲乏。章圣皇后的灵柩要移往南京合葬于先皇的陵墓，所经过的城市，必须设置用华美丝绸装饰的殿堂，祭祀的器皿必须用黄金铸造。而随行的宦官们还要向当地索取大量的贿赂与馈赠，一不合意，就羞辱当地官吏，官吏也无可奈何。

张永于是把江边佛寺的墙壁涂成白色来代替装饰丝绸的殿堂，将祭祀的器皿包上金箔代替真金，这样一来节省了不少费用，加之调度有方，因此灵柩从芜湖经过时没有发生事端。

迎刃卷四

【导读】

本卷收集了古代大臣对令人棘手的军国大事以出其不意的办法轻易解决的故事。所收集的故事中有一类是关于对外交往事件的处理，如何既能维护国家的尊严，又不违背外交礼仪，不给外族留下话口，这是很费脑筋的事。而唐代的裴光庭建议突厥大臣随唐天子封禅泰山、宋代的王旦出主意于岁币中除去借给契丹的钱币、苏轼以无正式文件为理由拒受高丽僧之贡献、张方平反对以新附之小羌而失久和之强敌，出主意使西夏、契丹自和而大宋赏赐之；陈希亮通过儆子胤使者之译者而敛使者之暴横；明代的姚公夔以北国使者不由正路进贡因而不被以大礼相待谕北国使者，都是将复杂的外交事件处理得有条有理，面面兼顾。另一类故事是关于对本国政务的处理。于谦借征伐湖、贵两个之战事迁徙骄悍不驯、蠢蠢欲动之降虏，孝贤建议让石亨党冒夺门之功者自首而免惊动人心，王琼设计擒江彬、张居正谋捕黔国公等等，皆能把握时机，出奇制胜。第三类故事是关于大臣、地方官员处理与皇帝间的关系。如何既不得罪皇上又能使百姓免受巡游无度之皇上的骚扰，明代的蒋瑶、汪应轸、沈閤、范槚等做得很好。

【原文】

危峦前厄①，洪波后沸；人皆棘手，我独掉臂②。动于万全，出于不意，游刃有余，庖丁之技②。——集《迎刃》。

【注释】

①厄：阻塞。

②掉臂：挥动手臂，谓有所作为。

【译文】

前有险恶的山峰挡住了去路，后有滚沸之水般的狂涛逼来。人人都感到棘手，我却能等闲视之。充分掌握全局后才行动，一行动就出其不意，犹如庖丁解牛一般游刃有余。因此集《迎刃》卷。

子产为鬼找归宿

郑良霄[①]既诛，国人相惊，或梦伯有（良霄字）介[②]而行，曰：『壬子余将杀带[②]，明年壬寅余又将杀段！』驷带及公孙段果如期卒，国人益大惧。子产立公孙泄（泄子孔子，孔前见诛）及良止（良霄子）以抚之，乃止。子太叔问其故，子产曰：『鬼有所归，乃不为厉。吾为之归也。』太叔曰：『公孙何为？』子产曰：『说也。』以厉故立后，非正；故并立泄，比于继绝之义，以解说于民。

【梦龙评】不但通于人鬼之故，尤妙在立泄一着。鬼道而人行之，真能务民义而不惑于鬼神者矣。

【注释】

①郑良霄：字伯有，春秋时郑国大夫，专政自用，为诸大夫讨伐而死。

②介：带甲。

【译文】

春秋时，郑国大夫良霄因专权，被驷带、公孙段等诸大夫群起而诛杀。之后郑国又有人在梦中见伯有（良霄字伯有）全身胄甲，披挂而来，其说道：『壬子日我要把驷带杀掉，明年的壬寅日我还要杀死公孙段！』

而驷带与公孙段果然在这两天相继死去。于是，与诛杀良霄有关联的人们更加震惊恐惧起来。子产（？—前522，名公孙侨，春秋郑国著名政治家）是良霄被诛后立为郑国执政的。这些事发生后，他把良霄的儿子良止和以前也被诛杀的大夫子孔的儿子公孙泄重新立为大夫，以安抚他们，这些事情才不再发生。子产儿子太叔问其缘故，子产回答：『死人的鬼魂有了归宿，就不会成为无主游魂，或成为厉鬼而搅扰人。把他们的儿子重新立为大夫，是为了能够有人祭祀他们，使他们有归宿。』太叔又问：『那么立公孙泄为大夫是为什么？』子产说：『是为了以继绝的名义向国人解说。』

【梦龙评】子产不但通晓人鬼之间的事故，更妙的是立公孙泄这一招。鬼道由人来实行，真能全力为民而又不迷信鬼神。

主父偃分诸侯势

汉患诸侯强，主父偃[1]谋令诸侯以私恩自裂地，分其子弟，而汉为定其封号。汉有厚恩而诸侯渐自分析弱小云。

【注释】

①主父偃：主父为复姓，西汉临淄人，主张进一步减弱割据势力，下『推恩令』，曾为齐相。

【译文】

汉朝王室担忧诸侯势力过于强大，主父偃主张准许诸侯将土地分封给自己的子弟，而由朝廷定其封号。朝廷对诸侯子弟有厚恩，而诸侯的势力则因可分封土地而逐渐减少趋于弱小。

裴光庭调遣突厥

张说以大驾[1]东巡，恐突厥乘间入寇，议加兵备边，召兵部郎中裴光庭谋之。光庭曰：『封禅，告成功也。今将升中于天而戎狄是惧，非所以昭盛德也。』说曰：『如之何？』光庭曰：『四夷之中，突厥为大，比屡求和亲，而朝廷羁縻未决许也。今遣一使，征其大臣从封泰山，彼必欣然承命。突厥来，则戎狄君长无不皆来，可以偃旗卧鼓，高枕有余矣！』说曰：『善！吾所不及。』即奏行之。遣使谕突厥，突厥乃遣大臣阿史德颉利发入贡，因扈从[2]东巡。

【注释】

①大驾：皇帝出行的队伍。

②扈从：随侍帝王出巡。

【译文】

唐朝宰相张说考虑到天子大驾要东去泰山封禅，恐怕突厥乘机侵犯边境，主张加派军队守备边防，他找来兵部郎中裴光庭一同商量这件事。裴光庭说：『天子封禅，是向天下表明治国的成功。现在要惧怕突厥入侵，这就显示不出大唐的强盛和功德了。』张说问道：『那怎么办呢？』裴光庭答道：『四方的夷国之中，突厥是个大国，他们屡次要求与朝廷和亲，可是朝廷一直犹豫不决没答应。现在派遣一名使者，征求突厥国派一名大臣，随从天子封禅泰山，他们必定欣然从命。只要突厥来人，那么其他外族的君长就没有不来的了。这样，边境上可以偃旗息鼓，高枕无忧了！』张说道：『好啊！你的见解是我所不及的。』张说立即向天子奏明，派遣使者告示突厥。突厥于是派遣大臣阿史德颉利发入朝进贡，接着随从天子去泰山封禅。

严求断绝打猎风

烈祖辅吴，四方多垒，虽一骑一卒，必加姑息。然群校多从禽，聚饮近野，或骚扰民庶。上欲纠之以法，而方借其材力，思得酌中[1]之计，问于严可求[2]。可求曰：『无烦绳之，易绝耳。请敕泰兴、海盐诸县，罢采鹯鹰[3]，可不令而止。』烈祖从其计，期月之间，禁校无复游墟落者。

【注释】

①酌中：参酌几种意见，制定出不偏不倚、切实可行的办法来。

②严可求：五代时期吴国同州人，少通敏，有心计，官累左仆射。

③鹯鹰（zhān）：猛禽，亦称苍鹰。鹯，传说中的猛禽，似鹞鹰。

【译文】

南唐烈祖辅政于吴，四海边境兵员充斥，即使一兵一卒也是多加姑息纵容。然而很多军官经常打猎追捕禽兽，在近郊聚饮，或骚扰民众。

吴王欲用法令来纠正他们，但是烈祖正需要借助他们的力量，想不出恰当的办法，就问严求。

严求说：『无须绳之以法，很容易断绝此事。请命令泰兴、海盐各县停止采购鹰鹯等禽兽，自然就平息了这种事。』

烈祖依计而行，一个月之间，军中再也没有游猎的事发生。

方平安抚赵元昊

元昊既臣，而与契丹有隙，来请绝其封。知谏院[①]张方平曰：『得新附之小羌，失久和之强敌，非计也。宜赐元昊诏，使之审处，但嫌隙朝除，则封册暮下，于西、北为两得矣！』时用其谋。

【注释】

①知谏院：官署名，内置主管劝谏的官员。

【译文】

赵元昊臣服以后，由于与契丹有仇，便来求宋朝断绝契丹的封赏。谏官张方平说：『得到新近归顺的小羌族，而失去久和的强敌，绝不是良策。朝廷应赐予元昊诏令，要他审慎处理，只要仇怨一解除，封赏立刻送到，在西北边上，这是两得其利的办法。』朝廷当时就用此计谋。

秦桧挂幕辱金使

建炎[①]初，虏使讲和，云：『使来，必须百官郊迎其书。』在廷失色，秦桧恬不为意，尽遣部省吏人迎之。朝见，使人必要褥位[②]，此非臣子之礼。是日，桧令朝见，殿廷之内皆以紫幕销满。北人无辞而退。

【注释】

①建炎：南宋高宗的年号，指1127—1130年。

②褥（rù）位：座位。

【译文】

南宋建炎初年，金国派遣使臣来讲和，却说：『使臣到来时，宋朝百官必须到郊外迎接议和书。』在宫廷内的文武百官闻之惊愦失色，秦桧却满不在乎，把各部门官员都派遣出去迎接金使。朝见的时候，金使一定要锦缎褥位，这不是使臣之礼。这一日，秦桧传令金使朝见，殿廷之内竟然真被紫幕铺满。见此，金使无话可说就退走了。

苏公依俗过冬至

苏公子容充北朝生辰国信使[①]，在虏中遇冬至。本朝历先北朝一日[②]，北朝问公孰是。公曰：『历家算术小异，迟速不同。如亥时[③]犹是今夕，逾数刻即属子时，为明日矣。或先或后，各从本朝之历可也。』虏人深以为然，遂各以其日为节庆贺。使还奏，上喜曰：『此对极中事理！』

【注释】

①苏公子容：苏颂，字子容。其为北朝生辰国信使。

②本朝历先北朝一日：宋之历书冬至日比辽历书早一日。按冬至古人为大节。

③亥时：古时一日分十二时，以地支配之，亥时为最末一时，子时为最早一时。

【译文】

苏子容（苏颂字）奉派担任北朝生辰国的信使，在胡虏境内遭遇冬至。宋朝的日历比北朝早一日，北朝就问苏子容哪一种历法才正确。

苏子容说：『历算家的算法稍微有点差异，迟速不同，如若亥时还是今天，过数刻后属于子时，便是明天了。或先或后，各依照自己的历法就可以了。』

契丹人都认为他说得很对，于是各按自己的节日庆祝。

苏子容回来禀奏皇帝，皇帝高兴地说：『这样回答切中事理。』

马默积德生儿女

宋制：沙门岛①罪人有定额，官给粮者才三百人，溢额则粮不赡，且地狭难容。每溢额，则取其人投之海中。寨主李庆一任，至杀七百余人。马默知登州②，痛其弊，更定配海岛法，建言：『朝廷既贷其生矣，即投之海中，非朝廷之本意。今后溢额，乞选年深、自至配所不作过人，移登州。』神宗深然之，即诏可，着为定制。自是多全活者。默无子，梦东岳使者致上帝命，以移沙门岛罪人事，特赐男女各一。后果生男女二人。

【梦龙评】既活人命，又劝勿恶，真乃菩萨心肠，圣贤遗风。

【注释】

①沙门岛：在今山东省蓬莱县西北海中六十里处。

②马默：字处厚，宋成武（今山西省）人，官累都指挥使等。登州：州名，治所在蓬莱，辖境相当今山东蓬莱、黄县等地。

【译文】

宋朝制度：沙门岛监禁的犯人有一定的数额，官府提供的粮食限定三百人，人数超过时粮食并不跟着增多。沙门岛地方狭小，人一多监狱更难以容纳，往往在超过限额时，就把犯人扔到海中，寨主李庆一在任两年竟然杀了七百多人。

马默任登州知州时，憎恨这种弊端，重订配海岛法，建议朝廷：既然给他们生路，却又把他们投入海中，实在不是朝廷的本意；今后一旦有超额的情形，就选那些到配所年代最久且没有过失的人，移送到登州。神宗深以为然，就下令以此为定制。从此保全了很多人命。

马默没有子女，梦见东岳使者传达上帝的命令，由于移送沙门岛犯人的事，特别赐给他儿女各一人。后来他的夫人果然生了一男一女。

【梦龙评】既存活人命，又能劝人改过迁善，真是菩萨心肠，圣贤作风。

于谦巧迁胡虏族

永乐间，降虏多安置河间、东昌等处，生养蕃息，骄悍不驯。方也先入寇时，皆将乘机骚动，几至变乱。至是发兵征湖、贵及广东、西诸处寇盗，于肃愍[①]奏遣其有名号者[②]，厚与赏犒，随军征进。事平，遂奏留于彼。于是数十年积患，一旦潜消。

【梦龙评】用郭钦徙戎之策而使戎不知，真大作用！

【注释】

①于肃愍：于谦，明景帝时为兵部尚书，加少保，总督军务。明英宗复辟后为人诬陷被杀，追赠太傅，谥肃愍，后改谥忠肃。

②有名号者：指大小首领。

【译文】

明永乐年间，成祖把多次北征战争中的俘虏大都安置在了河间、东昌一带，经过生养生息，他们形成了一个骄悍不驯的群体。正统年间，正当北方瓦剌部落的首领也先进犯京师的时候，他们将要乘机骚动，几乎酿成变乱。朝廷出兵征讨湖广、贵州及广东、广西等处强盗，于谦（卒谥肃愍）奏请皇上，派遣他们中的大小首领，优厚地加以犒赏，让他们随军出征。事情结束后，经过奏请，他们就留到了这些地方。于是，数十年的患，一时间悄悄地消除了。

【梦龙评】于谦用郭钦迁戎的策略，而使他们毫无觉察，真是绝好的主意！

李贤处置石亨党徒

法司奏：石亨①等既诛，其党冒夺门功升官者数千人，俱合查究。上召李贤：『此事恐惊动人心。』贤曰：『朝廷许令自首免罪，事方妥。』于是冒功者四千余人，尽首改正。

【注释】

①石亨：明陕西渭南人，初嗣父为宽河卫指挥佥事，官累镇朔大将军，大同总兵。

【译文】

明朝司法官员上奏皇帝说，石亨等人虽然已经伏法被杀，但他的党徒冒领皇帝复位之功而升官的却有数千人之多，都应该查办。』皇帝召见李贤说：『这种事恐怕惊动人心。』李贤说：『只要朝廷下令准许自首的人免于治罪，事情就能妥善解决。于是冒领功劳的四千多人如数自首改正。

王琼设计擒江彬

武宗[①]南巡还[②]，当弥留之际[③]，杨石斋[④]廷和已定计擒江彬[⑤]。然彬所领边兵数千人，为彬爪牙者，皆劲卒也。恐其仓促为变，计无所出，因谋之王晋溪[⑥]。晋溪曰：『当录其扈从南巡之功，令至通州听赏。』于是边兵尽出，彬遂成擒。

【注释】

①武宗：明武宗朱厚照，年号正德。

②南巡还：明武宗于正德十四年（1519年）以亲征宸濠名南游，十六年（1521年）正月始返至京师。

③弥留之际：病重濒死之际。

④杨石斋：杨廷和，号石斋，时为首辅。

⑤江彬：狡黠强狠，魁梧有力，善骑射。为明武宗宠信，擢都指挥佥事，出入豹房，同卧起。历官都督佥事，赐国姓，封伯爵，权倾一时。

⑥王晋溪：王琼，号晋溪。时为兵部尚书。为人有心计，厚事钱宁、江彬，因得自展，而阴与江彬不协。

【译文】

明武宗巡游南方归来，病重弥留之际，杨廷和已经谋划好要捉捕江彬。然而江彬所率领防守边境的士兵数千人，都是江彬的部下，实力很强大，恐怕在仓促之间发生变乱。

杨廷和想不出对策，于是找王琼商议。

王琼说：『应当记下那些随从皇上南巡有功的士兵，命令他们到通州去领赏。』

因此这些士兵全部离开，江彬终于被擒。

王益期满流乱兵

王益知韶州①。州有屯兵五百人，代者久不至，欲谋为变。事觉，一郡皆骇。益不为动，取其首五人，即日断流之。或请以付狱，不听。既而闻其徒曰：『若五人者系狱，当夜劫之。』众乃服。

【注释】

①王益：字舜良，宋临川人，祥府进士，天圣间以殿中丞知韶州，官终员外郎。韶州：州名，治所在曲江，辖境相当今广东韶关市、曲江等地。

【译文】

王益任韶州知州时，州中有屯兵五百人，因为接替的屯兵一直没有到达，这些士兵就计划叛乱。这事被发觉后，全郡的百姓都惊骇不已。王益不动声色，捉住带头闹事的五个人，当天便判决他们流放。有人请求将他们关进监狱，王益不听。不久就听到那些闹事的士兵说：『如果将他们五人关进监狱，我们当晚就去劫狱。』于是，众人都很佩服王益。

樊泽接替贾耽任

贾耽为山南东道节度使，使行军司马①樊泽奏事行在②。泽既反命，方大宴，有急牒③至：以泽代耽。耽内牒怀中，颜色不改。宴罢，即命将吏谒泽。牙将张献甫怒曰：『行军自图节钺，事人不忠，请杀之！』耽曰：『天子所命，即为节度使矣。』即日离镇，以献甫自随，军府遂安。

【注释】

①行军司马：相当于节度使的副帅。

②行在：皇帝行宫。

③牒：公文。

【译文】

唐朝时，贾耽任山南东道节度使，派行军司马樊泽到京师禀奏公事。樊泽回来复命时，贾府正在举行宴会，恰巧有紧急公文送到，公文中命令让樊泽代替贾耽的职务。贾耽将公文拿在怀中，脸色丝毫未改变。宴会完毕，就命令堂中的官吏都拜见樊泽。副将张献甫生气地说：『这是行军自己假造的文书，事人不忠，务必杀了他。』贾耽说：『天子任命，他已经是节度使了。』贾耽当天就离开任所，由张献甫随侍，军府因此才安定无事。

钦若因粮受重用

王钦若为亳州①判官，监会亭仓。天久雨，仓司②以米湿，不为受纳。民自远方来输租者，深以为苦。钦若悉命输之仓，奏请不拘年次，先支湿米③。太宗大喜，因识其名，由是大用④。

【梦龙评】绍兴⑤间，中丞蒋继周出守宣城，用通判周世询议，欲以去岁旧粟支军食之半。群卒恶其陈腐，横梃于庭，出不逊语。佥判王明清后至，闻变，亟令车前二卒传谕云：『佥判适自府中来，已得中丞台旨，令尽支新米。』群嚣始息。然令之不行，大非法纪；必如钦若，方是出脱恶米之法。

【注释】

①王钦若为亳州判官：据《宋史》本传，王钦若中进士第后，为亳州防御推官。其履历未有任亳州判官事。

②仓司：管理仓储的官吏。

③不拘年次，先支湿米：官仓支放储粮，例按存储时间，先放积年最久者。

④因识其名，由是大用：按宋真宗初，王钦若仅官至太常丞、判三司理欠凭由司，此云太宗『大用』，显系讹误。《自警编》记此事，末句为『任满入见，擢为朝官』。

⑤绍兴：南宋高宗赵构年号。

⑥王明清：南宋文学家，有《挥麈三录》《玉照新志》《投辖录》等传世。

【译文】

宋朝时王钦若任亳州判官，监管会亭仓。由于久雨不停，仓库管理员以稻米潮湿为由，不肯接纳粮食。

从远方来纳租的百姓，都深以为苦。王钦若命令他们都运入仓库，然后上报朝廷，准予不拘纳粮年次，先支付湿米。

宋太宗非常高兴，因而知道了王钦若这个人。王钦若从此得到重用。

【梦龙评】宋高宗绍兴年间，中丞蒋继周出任宣城太守。他采用通判周世询的意见，想以去年的旧米支付军粮的半数。官兵们憎恶旧米陈腐，在庭前横着武器，说出不逊的话。

佥判王明清后来才到，听说士卒不服的事，立刻命令车前两个士兵传令下去：『佥判刚从府中来到，已经带来中丞的旨意，完全支付新米。』群卒的喧扰才平息下来。

然而，法令不能推行，就会破坏纲纪。一定要像王钦若的做法，才是出脱旧米的妙诀。

韩琦面君授机宜

英宗初即位，慈寿一日送密札与韩魏公，谕及上与高后不奉事，有『为孀妇作主』之语，仍敕中贵俟报。公但曰：『领圣旨。』一日入札子，以山陵①有事，取覆乞晚临后，上殿独对谓：『官家②不得惊，有一文字须进呈，说破只莫泄。上今日皆慈寿力，恩不可忘。然既非天属之亲，但加承奉，便自无事。』上曰：『谨奉教。』又云：『此文字，臣不敢留。幸宫中密烧之。若泄，则谗间乘之矣。』上唯之。自后两宫相欢，人莫窥其迹。

【梦龙评】宋盛时，贤相得以尽力者，皆以动得面对故。夫面对便则畏忌消而情谊洽，此肺腑所以得罄，而虽宫闱微密之嫌，亦可以潜用其调停也。此岂章奏之可收功者耶？虽然，面对全在因事纳忠，若徒唯唯诺诺一番，不免辜负盛典。此果圣主不能霁威③而虚受耶，抑亦实未有奇谋硕画，足以耸九重之听乎？请思之。

【注释】

①山陵：山高而坚固，比喻帝王。

②官家：封建社会对皇帝的一种尊称。

③霁（jì）威：收敛威怒。

【译文】

宋英宗即位不久，有一天，慈寿太后暗地送给韩琦一封信，说英宗与高后不侍奉太后，连『为孀妇做主』的话都写了出来，又命令宦官要等韩琦的回复。

韩琦只回答说：『领旨。』

过了几天，韩琦上奏，又借故帝陵的事要取得回复，请求英宗在晚朝后单独接见。

韩琦说：『请皇上不必惊讶，有一封信需要对皇上说清楚，只是不能泄露出去。皇上之所以有今天的成就，都是得自慈寿太后的帮助，这份恩情不能忘记。即使不是骨肉之亲，但只要对太后多加承奉，自然没事。』

英宗说：『还请先生赐教。』

韩琦又说：『这份文字微臣不敢保留，就在宫中私下烧毁，假如泄露出去，小人就会借机谗言离间。』

英宗应许。

此后英宗与太后相处愉快，看不出有任何不高兴的迹象。

【梦龙评】宋朝隆盛时期，贤相能为朝廷尽力，都是由于能单独谒见皇帝的缘故。能够单独拜见皇帝，则畏惧猜忌自然消除，情谊自然融洽，就能尽情倾诉肺腑之言，即使宫廷间微妙隐秘的嫌隙，也可以暗中调度得宜，这哪是奏章所能收到的功效？虽然单独谒见全看皇帝能否采纳忠言，如果只是随意应诺一番，不免辜负如此慎重的谒见礼。又如果皇帝听了心中不高兴却假意接受，或者做臣子的没有奇特的谋略足以打动皇帝，也一样是白费力气。也希望为政的人好好思考。

令郑分类管宗子

崇宁初①，分置敦宗②院于三京③，以居疏冗④，选宗子之贤者莅治院中。或有尊行⑤，治之者颇以为难。令郑初除南京敦宗院，登对，上问所以治宗子之略。对曰：『长于臣者以国法治之，幼于臣者以家法治之。』上称善，进职而遣之。郑既至，宗子率教，未尝扰人，京邑颇有赖焉。

【注释】

①崇宁：宋徽宗赵佶年号。

②敦宗：徽宗时置南外宗正司于南京，西外宗正司于西京，各置敦宗院，设官名知宗，处理在外之宗室事务。

③三京：指西京（洛阳）、北京（大名）、南京（宋州，今商丘）。

④疏冗：亲缘关系较远且在官府空食俸禄的宗室子弟。

⑤尊行：辈分较高者。

【译文】

北宋崇宁初年，皇帝分别在西京（洛阳）、北京（大名）、南京（宋州，今商丘）设置敦宗院，以安居亲缘关系较远且在官府空食俸禄的宗室子弟，并挑选宗子之中品行端庄者去领导敦宗院。但他们遇到辈分较高者，管理起来便颇感困难。赵令郯刚被授予南京敦宗院时，上殿应对，皇上问他准备以什么谋略办法治理宗子。赵令郯回答说：『年长于微臣的宗亲用国法来管理他们，年小于微臣的宗亲用家法来管理。』皇上点头称善，让他进朝授了官职，派他到南京上任。赵令郯到了南京后，宗子们遵循他的劝导，没有再骚扰民众，京邑赖此也颇为安宁了。

知微卷五

【导读】

本卷收集了古人见微知著的故事。知微，即由细小的迹象推知将来，因小见大。箕子由纣用象牙筷子预见商的灭亡，周公由吕尚尊贤尚功推知齐后世有篡弑之臣。周平王时的辛有见伊川有披发而祭于野者就预言：『不及百年，此其戎乎？』他们的预测后来都被证实，箕子、周公、辛有可谓知微者。知微的另一类事例是由一个人的言谈举止甚至一个眼色，窥见其心志，预测其未来。管仲由易牙、竖刁、常之巫、卫公子启方的反常行为窥见其阴险、恶毒的内心，臧孙子由荆王的『甚欢』认识到荆王坚守敝齐而自取利的用意，隋末的魏先生由李密的言色预见李密的将来，北宋的陈瓘由蔡京视日久而不瞬预言『此人得志，必擅私逞欲，无君自肆』，王禹偁由一句诗就推测丁谓将来的不忠……这些都是见微知著的典型事例。一些有远见、目光敏锐的高士，由于能由小见大，预见将来的动乱而舍身远祸，比如西汉末年的任文公预知大乱将作而令家人负物疾走以锻炼身体，以备逃亡；唐末皇帝行宫的东院主者知天下将乱而预储菽粟、木柴以备灾荒；汉末的申屠蟠由处士横议朝政预知将来的党锢之祸而绝迹于砀山之间……这些人都能由一瓶水结冰而推知天下皆寒，因而能见机行事，躲避灾难。

【原文】

圣无死地，贤无败局；缝祸于渺[1]，迎祥于独[2]；彼昏是违[3]，伏机[4]自触。集《知微》。

【注释】

①缝祸于渺：弥缝、补救祸患于很微小的时候。

②迎祥于独：接受福祥于只有自己能发现其苗头的时候。

③是违：违背这个。指不能及早洞察祸福的苗头。

④伏机：埋伏的机关。

【译文】

圣人行事，绝不会自陷死地；贤者所为，从不曾遭逢败局。这是因为他们能从细微的小事中预知祸害的来临，因此总能够未雨绸缪，得到圆满的结果。集此为『知微』卷。

周公推知殷亡因

武王入殷，闻殷[1]有长者。武王往见之，而问殷之所以亡。殷长者对曰：『王欲知之，则请以日中为期。』

及期弗至，武王怪之。周公②曰：『吾已知之矣。此君子也，义不非其主。若夫期而不当，言而不信，此殷之所以亡也。已以此告王矣。』

【注释】

①殷：朝代名，商盘庚迁都殷，改商朝为殷。

②周公：姓姬，名旦，周武王之弟，因采邑在周，故称周公。

【译文】

周武王占领殷都朝歌，听说殷朝有个淳厚宽让的长者，武王就去拜访他，向他询问殷之所以会灭亡的原因。这个长者回答说：『大王想知道这个，那么就让我在中午的时候来告诉你吧。』然而到了中午，那位长者却没有来，武王因此很生气，暗暗责怪他。周公说：『我已经知道了，这个长者真是位君子呀！不肯批评自己君主的过失。他故意约会而不到，许诺而不守信，他就是用这个来说明殷之灭亡的原因的呀。他已经用自己的行为告诉大王了。』

臧孙看破楚王心

齐攻宋，宋使臧孙子南求救于荆①。荆王大悦，许救之甚欢。臧孙子忧而反，其御曰：『索救而得，子有忧色，何也？』臧孙子曰：『宋小而齐大，夫救小宋而患于大齐，此人之所以忧也。而荆王悦，必以坚我也。我坚而齐敝，荆之所利也。』臧孙子归，齐拔五城于宋，而荆救不至。

【注释】

①荆：古代楚国的别称，因其原先建国于荆山（今湖北南漳西）一带，故名。

【译文】

战国时，齐国攻打宋国，宋国派臧孙子前去南方求救于楚国。楚王非常高兴，答应出兵救宋。臧孙子回国时却忧心忡忡，他的车夫问道：『您讨救兵已得到了答复，还忧虑什么？』臧孙子说：『宋国弱小而齐国强大，为了援救弱小的宋国而得罪强大的齐国，这是一般人都会有所忧虑的。可楚王却很高兴，他一定是要鼓励我方坚守，而我方的坚守消耗了齐国的兵力，楚国也就自然可以坐收渔利。』臧孙子回国后，齐国已经攻占了宋国的五个城池，而楚国的救兵仍然没有到。

南文子因礼而忧

智伯[1]欲伐卫，遗卫君野马四百、璧一。卫君大悦，君臣皆贺，南文子[2]有忧色。卫君曰：『大国交欢，而子有忧色何？』文子曰：『无功之赏，无力之礼，不可不察也。野马四百、璧一，此小国之礼，而大国致之。君其图之！』卫君以其言告边境。智伯果起兵而袭卫，至境而反，曰：『卫有贤人，先知吾谋也！』

【梦龙评】韩、魏不爱万家之邑以骄智伯，此亦璧马之遗也。智伯以此蛊卫，而还以自蛊[3]，何哉？

【注释】

①智伯：战国晋国的大夫，智宣子徐吾之子。

②南文子：战国时卫国的大夫。

③蛊（gǔ）：欺骗诱惑。

【译文】

春秋末期，晋国大夫智伯想讨伐卫国，就给卫国国君送去野马四百匹、玉璧一块。卫国国君十分高兴，朝臣们也都向他祝贺，只有大夫南文子面现忧色。卫国国君说：『大国与我们交欢，而你却面有忧色，这是为什么呢？』南文子说：『无功而受赏，没有出力而得到礼遇，这是不能不察其本意的。四百匹野马和一块玉璧，是小国向大国进献礼品的规格，而晋国这个大国却给我们送来这种规格的礼品，大王你要防备他呀！』卫国国君就把南文的话告诉了边境上的部队。以后，智伯果然起兵袭击卫国，到了边境，见其已有准备，就返了回去，并说：『卫国一定有贤能的，他能预先知道我的计谋。』

【梦龙评】韩、魏不肯接受万家县邑，以使智伯骄傲，这也是赠送野马、玉璧之类的事。智伯用这种手段来迷惑卫，自己反而看不清楚，为何呢？

诸葛神机识刺客

有客至昭烈①所，谈论甚惬。诸葛忽入，客遂起如厕。备对亮姱客，亮曰：『观客色动而神惧，视低而盼数②，奸形外漏，邪心内藏，必曹氏刺客也！』急追之，已越墙遁矣。

【注释】

①昭烈：刘备死后谥昭烈。

②盼数：多次看人脸色。

【译文】

三国时，有一位客人来到昭烈帝刘备的住处，主客二人谈论得很愉快。这时，诸葛亮忽然走了进来，那位客人就马上起身上厕所。刘备对诸葛亮夸奖客人，诸葛亮说：『我看客人脸上眉飞色舞，而神情似有所畏惧，视线低垂而左顾右盼，外表露出了奸形，内里包藏着邪心，此人必定是曹操派来的刺客！』刘备急忙派人去追拿，那人已经翻墙逃跑了。

国桢屈服北虏人

少司马梅公衡湘，名国祯，麻城人。总督三镇，虏酋忽以铁数镒来献，曰：『此沙漠新产也。』公意必无此事，彼幸我弛铁禁耳。乃慰而遣之，即以其铁铸一剑，镌云：『某年月某王赠铁。』因檄告诸边：『虏中已产铁矣，不必市釜①。』其后虏缺釜，来言旧例，公曰：『汝国既有铁，可自治也。』虏使哔言无有，公乃出剑示之。虏使叩头服罪，自是不敢欺公一言。

【梦龙评】按：公抚云中，值虏王款塞②，以静镇之。遇华人盗夷物者，置之法，夷人于赏额外求增一丝一粟，亦不得也。公一日大出猎，盛张旗帜，令诸将尽甲而从，校射大漠。县令以非时妨稼，心怪之而不敢言。后数日，获虏谍云：虏欲入犯，闻有备中止。令乃叹服。公之心计，非人所及。

【注释】

①釜（fǔ）：古代的炊事用具，相当于现代的铁锅。

②款塞：叩塞门，谓外族前来求通中国。

【译文】

明朝少司马梅国桢总督三镇，北虏酋长突然拿数十两铁束奉献，说：『这是沙漠的新产品。』梅国桢猜想一定没有这种事，他们只是希望我们能废除铁禁。于是他慰劳酋长并将他送走。然后他用这些铁铸造了一把剑，剑上镌刻着：『某年某月某王赠铁。』并且以公文告示边境，说郡中已有产铁，不必卖釜给他们。

后来该地缺釜，来信请依照旧例卖釜给他们。

梅国桢说：『你们国家既然产铁，可以自己铸啊！』

北虏使者大喊没有，梅国桢拿出剑来给他看，使者才叩头服罪，从此不敢欺骗梅国桢。

【梦龙评】梅国桢巡查云南一带，正逢虏王到边塞来表示顺从，梅国桢表面按兵不动，实则伺机镇压。遇到华人盗取夷人财物，则依法处置。除赏给夷人的固定额度外，他们再多求一丝、一米也不给。有一天，梅国桢带大队人马出猎，大张旗鼓，命令诸将领武装跟随，在野外比赛射箭。县令认为时令不符，妨害农耕，心生怪异却不敢讲。几天后，捉到胡虏间谍说：『虏王本想入侵，听说公有防备而终止。』县令因此很佩服。

梅国桢的心计，实在不是常人所比得上的。

任棠暗示庞仲达

庞仲达为汉阳太守[1]，郡人任棠有奇节，隐居教授。仲达先到候之，棠不交言，但以薤[2]一大本、水一盂置户屏前，自抱儿孙伏于户下。主簿白以为倨，仲达曰：『彼欲晓太守耳。水者，欲吾清；拔大本薤者，欲吾击强宗；抱儿当户，欲吾开门恤孤也！』叹息而还，自是抑强扶弱，果以惠政得民。

【注释】

①庞仲达：庞参，东汉缑氏人，举孝廉，初拜左校令，后累官太尉。汉阳：郡名，治所在冀县，辖境相当于今甘肃定西、陇西以东，黄河以南等一带。

②薤（xiè）：多年生的一种草本植物。

【译文】

东汉的庞仲达在为汉阳太守时，听说本郡人任棠品性高洁，隐居教授门徒。到任后就先到他家中等待他。可任棠却对庞太守没说一句话，只是在门口的屏风前放置了一大棵菜和一盆水，并抱着自己的孩子趴在门下。随从的主簿认为他倨傲无礼，庞仲达却说：『他这是在晓谕本太守呀。一盆清水，是要我为官清正；拔出一大棵菜，是要我严惩横行乡里的强宗豪族；抱孩子挡住门户，是要我体恤孤弱呀！』于是，庞太守感叹不已，反身回府。自此后抑强扶弱，公正清廉，果然以惠政得到了民众的拥戴。

方平从微识安石

富郑公自亳移汝，过南京。张安道①留守，公来见，坐久之。公徐曰：『人固难知也！』安道曰：『得非王安石乎？亦岂难知者。往年方平知贡举②，或荐安石有文学，宜辟以考校③，姑从之。安石既来，一院之事皆欲纷更，方平恶其人，即檄以出，自此未尝与语也。』富公有愧色。

【梦龙评】曲逆之宰天下，始于一肉；荆公之纷天下，兆于一院。善观人者，必于其微。

寇准不识丁谓，而王旦识之。富弼、曾公亮不识安石，而张方平、苏洵④、鲜于侁、李师中识之。人各有所明暗也。

洵作《辨奸论》，谓安石『不近人情』，侁则以沽激，师中则以眼多白。三人决法不同而皆验。

或荐宋莒公兄弟郊、祁⑤可大用。昭陵曰：『大者可，小者每上殿，则廷臣无一人是者。』已而莒公果相，景文竟终于翰长。若非昭陵之早识，景文得志，何减荆公！

【注释】

①张安道：张方平，安道为其字，北宋南京人，举进士，为著作郎，神宗时累官参知政事。

②知贡举：官名，封建社会特派主持会试的大臣，与乡试的监临官性质差不多。

③考校：官名，宋代的低级学官。

④苏洵：字明允，北宋时眉山人，嘉祐年间，得欧阳修推誉，以写文章著称于世。

⑤宋莒（jǔ）公兄弟郊、祁：兄宋郊、弟宋祁。宋祁，字子京，翰林学士，官至工部尚书，谥景文。

【译文】

宋朝时，富弼自亳州迁移汝州，路过南京。当时张方平是南京的留守，富弼来拜访他，坐了很久，富弼才慢慢地说：『人实在是很难了解。』张方平说：『你是指王安石吗？他有什么不容易了解的？往年我担任主考官的时候，有人向我推荐王安石，说他有文学方面的造诣，可以举用他为考校，我姑且听从。王安石来了以后，却企图改变整个翰林院的工作方式，我很讨厌他的为人，就下一道公文把他调出去，从此没再和他说过话。』富弼颇为惭愧。

【梦龙评】曲逆侯陈平主宰天下，始于早年在乡里分肉很公平；荆国公王安石纷扰天下，起源于办公室。善于观察的人，一定注意其他人细微的地方。

寇准不了解丁谓，而王旦了解富弼；曾公亮不了解王安石，而张方平、苏洵、鲜于侁、李师中了解。人人各有他观察得到与观察不到的地方。苏洵作《辨奸论》，判断王安石奸诈的理由是不近人情；侁所持理由是矫情干誉；李师中则认为王眼睛多白，三个人取决的方法不同，却都很灵验。

有人举荐宋郊、宋祁兄弟可以重用，宋仁宗说：『哥哥可以重用，弟弟每次上殿，就认为朝廷中的臣子没有一个是好的。』不久，宋郊果然被举用为宰相，而宋祁一直是翰林学士。如若不是仁宗皇帝了解得早，宋祁一得志，将与王安石不相上下。

王元之以诗看人

丁谓诗有『天门九重开，终当掉臂入』。王禹偁读之，曰：『入公门，鞠躬如也①，天门岂可掉臂入乎！此人必不忠。』后如其言。

【注释】

①入公门，鞠躬如也：语出《论语》。

【译文】

宋朝人丁谓的诗句有：『天门九重开，终当掉臂入』（君王之门虽然难进，最后我一定挥着手进去）。王禹偁读了，说：『进入君王之门必须鞠躬，恭恭敬敬，天子之门怎么可以挥着手进去呢？此人一定会不忠。』

后来果如其言。

曹玮自小识元昊

河西首领赵元昊反，上问边备，辅臣皆不能对。明日，枢密四人皆罢[①]，王鬷[②]谪虢州。翰林学士苏公仪与鬷善，出城见之。鬷谓公仪曰：『鬷之此行，前十年已有人言之。』公仪曰：『此术士也。』鬷曰：『非也。昔时为三司盐铁副使，疏决狱囚，至河北，是时曹南院[③]自陕西谪官初起为定帅。鬷至定，治事毕，玮谓鬷曰：「公事已毕，自此当还，明日愿少留一日，欲有所言。」鬷既爱其雄材，又闻欲有所言，遂为之留。明日，具馔甚简俭，食罢，屏左右，曰：「公满面权骨，不为枢辅[④]即边帅，或谓公当作相，则不能也。不十年，必总枢于此，时西方当有警，公宜预讲边备，搜阅人才，不然无以应猝。」鬷曰：「四境之事，唯公知之，何以见教？」曹曰：「玮在陕西日，河西赵德明尝使以马易于中国，怒其息微[⑤]，欲杀之[⑥]，莫可谏止。德明有一子，年方十余岁，极谏不已：以战马资邻国已是失计，今更以资杀边人，则谁肯为我用者！」玮闻其言，私念之曰：「此子欲用其人矣，是必有异志！闻其常往来于市中，玮欲一识之，屡使人诱致之，不可得，乃使善画者图其貌，既至观之，真英物也！此子必为边患。计其时节，正在公秉政之日，公其勉之！」鬷是时殊未以为然，今知其所画，乃元昊也。』

【梦龙评】李温陵[⑦]曰：『对王毅谈兵，如对假道学谈学也。对耳不相闻，况能用之于掌本兵之后乎！既失官矣，乃更思前语，滔滔者天下皆是也！』

【注释】

①枢密四人皆罢：知枢密院事王鬷、同知枢密院事张观、陈执中等同时落职。

②王鬷：真宗时进士，后以枢密直学士知益州。仁宗时累迁工部侍郎，知枢密院事。元昊反，帝数问边事，鬷不能对。及西征失利，议刺乡兵，又久未决，与陈执中等同日罢。出知河南府。据《宋史》张观、陈执中传，所罢之由皆同，与此条所载略有出入。

③曹南院：曹玮，宋开国功臣曹彬之子。丁谓逐寇准，恶玮不附己，指为准党，除南院使、环庆路都总管安抚使，复谪知莱州、青州、天雄军。后为真定府、定州都总管，即下文所言之『定帅』。

④枢辅：知枢密院事。

⑤息微：获利微薄。

⑥欲杀之：欲杀所差与宋做交易者。

⑦李温陵：李贽，别号温陵居士。

【译文】

宋朝时河西首领赵元昊反叛，皇帝问起边境上的守备情况，辅佐的臣子都不敢回答。次日，枢密院中有四人被罢免。王鬷被贬到虢州，翰林学士苏公仪与王鬷交情很好，就出城探望他。

王鬷对苏公仪说：『我这次贬官之行，十年前就已经有人预言过了。』

苏公仪说：『那是江湖术士的胡说吧！』

王鬷说：『不是，我从前担任三司盐铁副使，到河北判决犯人。当时曹玮从陕西贬官到河北担任定州元帅。我办完事以后，曹玮对我说：「公事已经办完了，当然应该回去，希望您明天再待一天，我有话要和您说。」』

『我既爱惜他的雄才，又听他说有话要讲，就留了下来。第二天，他预备简单的饭菜，吃完后，辞退左右的人，说：「您生有一副权贵的面貌，日后不是当枢密使就是当边帅，有人说您会当宰相，我看不可能。然而不到十年，必定在这里总揽军事，那时西方有外敌，您应为边境的守备做好准备，广征人才，不然将无法应对。」鬷说：「边境上的事，只有您最清楚，请问有何指教？」曹玮说：「我在陕西的时候，河西的首领赵德明曾经派使者带着马匹来中国交易，因为使者所得的利润微薄，而要杀他，没有人可以劝止此事。德明有一个儿子，年纪才十多岁，极力进谏，认为用马匹去资助邻国，已经失策，现在还要为钱杀守边人，那以后还有谁肯接受我们任用？我听了他的话，心想这个孩子想善用自己的族人，必定有不凡的心志。听说他常往来于市集，我很想认识他，一再派人诱使他来都没有办法做到。我就找个擅长画画的人去画他的容貌，画好拿回来一看，真是英俊的人物。这个孩子必定成为我们的边患，算一算时节，正是您主持政务的时期，希望您一定要注意。」我当时不以为然，如今才知道，他所画的人就是赵元昊。』

【梦龙评】李温陵说：对王毂谈兵事，好像对假道学的人谈学问，对着他的耳朵讲都听不进去，更何况在掌管军队以后呢？被贬官之后，才想起以前的话，像这种人天下多的是。

高欢乱世结豪杰

齐神武[1]自洛阳还，倾产结客。亲友怪问之，答曰：『吾至洛阳，宿卫羽林相率焚领军[2]张彝宅，朝廷惧乱而不问。为政若此，事可知也。财物岂可常守耶！』自是有澄清天下之志。

【梦龙评】莽③杀子灭后家，而三纲④绝；魏不治宿卫羽林之乱，而五刑隳⑤。退则为梅福⑥之挂冠浮海，进则为神武之散财结客。

【注释】

①齐神武：高欢，世居怀朔镇成为鲜卑化的汉人，曾执掌东魏朝政十六年，自称大丞相。死后，其子洋代东魏称齐帝，追尊其为神武帝。

②宿卫羽林：禁中值宿，警卫禁军的称谓。领军：官名，东汉末曹操始置，掌禁军。

③莽：王莽，字巨君，西汉元帝皇后之侄，后弑君称帝，改国号为新。

④三纲：中国封建社会里的三种主要道德关系，『君为臣纲，父为子纲，夫为妻纲』。

⑤五刑：中国古代的五种刑罚，商周时指墨、劓、剕、宫及大辟，隋至清，则指笞、杖、徒、流、死等五种刑罚。隳（huī）：毁坏。

⑥梅福：字子真，西汉末寿春人，官至南昌尉，后弃官家居。王莽篡政时，福一朝弃妻子去之九江，传以为仙。

【译文】

北齐神武帝高欢未登基前从洛阳回来，用尽自己的家产去结交朋友，亲友们感到奇怪，就去问他，他回答说：『我到洛阳，看到宿卫羽林军士相继焚烧领军张彝的房舍，朝廷害怕他作乱而不加过问。国家的政治已经到了这般地步，其前途也就可想而知。财物岂是可以常守的吗？』从此后，他就产生了澄清天下的大志。

【梦龙评】王莽杀死儿子、诛灭皇后的家族，却无人敢讲话，于是三纲断绝。北魏天子不管宫中禁军之乱，于是五刑败坏。消极的就要做梅福，弃官隐居九江；积极的就要做神武，散尽家财广交朋友。

文公跑步备战乱

王莽居摄，巴郡①任文公善占，知大乱将作，乃课②家人负物百斤，环舍疾走，日数十回。人莫知其故。后四方兵起，逃亡鲜脱者，唯文公大小负粮捷步，悉得免。

【梦龙评】张劀③教蔡家儿学走，本此。

【注释】

①巴郡：郡名，治所在江州，辖境在今四川铜梁以东、武胜以南等地区。

②课：督促完成指定的任务。

③张劀（xué）：字柔直，北宋福州人，举进士，蔡京延为子弟师。

【译文】

王莽专权时，巴郡有个任文公擅长占卜，知道即将发生大乱，就督促家人都背负近百斤重的物品，绕着房舍跑，每天做几十次，没有人知道为什么。后来各地发生战事，逃亡者能脱险的很少，只有任文公一家大小背负粮食逃跑，全部免祸。

【梦龙评】张劀教蔡京的子弟学跑步，意本在此。

齐王昏庸众臣去

齐王冏①专政，顾荣、张翰②皆虑及祸。翰因秋风起，思菰菜③、莼羹、鲈鱼脍，叹曰：『人生贵适志耳，富贵何为！』即日引去。荣故酣饮，不省府事，以废职徙为中书侍郎。颍川处士庾衮④闻冏期年不朝，叹曰：『晋室卑矣，祸乱将兴！』帅妻子逃林虑山⑤中。

【注释】

①齐王冏（jiǒng）：司马冏，晋武帝司马炎弟司马攸之子，嗣封齐王。

②顾荣：字彦先，晋吴人，吴丞相顾雍之孙。与陆机、陆云被时人称为『三俊』。晋王朝纷争，常醉酒不肯问事。晋元帝时，出任军司加散骑常侍。张翰：字季鹰，晋人，有才华，善属文，纵任不拘，司马冏执政时，任大司马东曹椽，知司马冏将败，思故乡遂归吴。

③菰（gū）菜：茭白。

④庾衮（gǔn）：字叔褒，东晋鄢陵人，明穆皇后的叔父。

⑤林虑山：在今河南省林州市西。

【译文】

晋朝时齐王冏专权，顾荣、张翰都担心灾害临身。张翰由于秋风吹，想起那家乡的菰菜、莼羹及鲈鱼脍，叹息道：『人生贵在适志而为，富贵又有何用？』于是当天就辞官回乡。顾荣则故意沉溺于酒，不管政事，因懈怠官职被贬为中书侍郎。

颍川处士庾听说齐王整年不理朝政，叹息道：『晋室已经衰微，祸乱就要开始了。』于是带着妻子住到林虑山中去。

穆生知机辞刘戊

楚元王初敬礼申公等①。穆生②不嗜酒，元王每置酒，常为穆生设醴③。及王戊即位，常设，后忘设焉。穆生退曰：『可以逝矣！醴酒不设，王之意怠，不去，楚人将钳我于市！』称疾卧。申公、白生强起之，曰：『独不念先王之德与？今王一旦失小礼，何足至此！』穆生曰：『《易》称「知几其神。几者，动之微，吉凶之先见者也。君子见几而作，不俟终日。」先王所以礼吾三人者，为道存也。今而忽之，是忘道也。忘道之人，胡可与久处！吾岂为区区之礼哉！』遂谢病去。申公、白生独留。王戊稍淫暴，二十年，为薄太后④服，私奸⑤。削东海、薛郡⑥，乃与吴通谋。二人谏不听，胥靡⑦之，衣之赭⑧衣，舂⑨于市。

【注释】

①楚元王：名交，字游，汉高祖同父少弟，这里指其孙刘戊世袭王位。申公：名培，也称申培公，西汉文帝时立为博士，以诗古文训进行传授。

②穆生：西汉初鲁国人，楚元王时为中大夫。

③醴（lǐ）：甜酒。

④薄太后：汉高祖的宠妃薄姬，文帝之母。

⑤私奸：私下与服舍中的婢女通奸。依当时的礼制规定，服丧期间是不让男女同房的。

⑥东海：郡名，治所在郯县，辖境相当于今山东费城、江苏宿迁等地。薛郡：郡名，治所在鲁县，辖境约相当今山东大汶河一带等地。

⑦胥靡：是西汉时的一种刑徒，将犯人用绳索牵连着强迫劳动。

⑧赭（zhě）：红褐色。

⑨舂（chōng）：把东西放在臼或乳钵里捣去皮壳捣碎。

【译文】

汉朝时楚元王很礼遇申公等人。穆生不爱喝酒，元王每次设酒席，就为穆生准备甜酒。后来刘戊即位，刚开始也常准备甜酒，后来却忘记了。

穆生说：『我可以离开了。大王不备甜酒，表示他的心意已显得怠慢，再不走，楚人就要把我抓到市集上处刑了。』所以才称病不起。

申公、白生强把他拉起来说：『难道你就不念及先王对我们的恩德吗？现在大王只是失去小的礼节，何必做到如此地步？』

穆生说：『《易经》上说，能知机者是神人，机是行动的征候、吉凶的先兆。君子见机行事，不得稍有延误。先王之所以礼遇我们三个人，是天道尚存，如今大王忽略了，是遗忘天道。遗忘天道的人，怎能与他长期地相处呢？我哪里是为了区区的小礼？』于是他称病辞去，申公、白生仍留在刘戊身边。

刘戊后来稍显淫乱，景帝二年时，刘戊便因在薄太后服丧期间干些奸淫的勾当，被削去东海、薛地两个封地。刘戊恼羞成怒，于是与吴国暗中勾通谋反，申公、白生二人劝谏都不听，反而将二人判以胥靡之刑，让他们穿上红色衣服，在市集舂米。

列子拒受子阳食

子列子[1]穷，貌有饥色。客有言之于郑子阳[2]者，曰：『列御寇，有道之士也。居君之国而穷，君毋乃不好士乎！』郑子阳令官遗之粟数十秉[3]。子列子出见使者，再拜而辞。使者去，子列子入，其妻望而拊心曰：『闻为有道者，妻子皆得逸乐。今妻子有饥色矣，君过而遗先生食，先生又弗受也，岂非命哉！』子列子笑而谓之曰：『君非自知我也，以人之言而遗我粟也。夫以人言而粟我，至其罪我也，亦且以人言。此吾所以不受也。』其后民果作难，杀子阳。受人之养而不死其难，不义；死其难，则死无道也；死无道，逆也。子列子除不义去逆也，岂不远哉！

【梦龙评】魏相公叔痤病且死，谓惠王[4]曰：『公孙鞅年少有奇才，愿王举国而听之。即不听，必杀之，勿令出境。』王许诺而去。公叔召鞅谢曰：『吾先君而后臣，故先为君谋，后以告子，子必速行矣！』鞅曰：『君不能用子之言任臣，又安能用子之言杀臣乎？』卒不去。鞅语正堪与列子语对照。

【注释】

①子列子：列御寇，后一『子』字为男子之尊称，前一『子』字有老师的意思。

②子阳：郑缧公相。据《史记·郑世家》，缧公二十五年（前398年），『郑君杀其相子阳』。至二十七年，子阳之党共弑缧公子阳之死与贵族公孙申之阴谋有关，而公孙为郑之奸佞。《吕氏春秋·适威》言子阳『好严有过』。《淮南子·泛论训》言其『刚毅而好罚，其于罚也，执而无赦』。子阳当

是郑国之法家人物，而为守旧贵族所杀害。据《韩非子·疑》，子阳死后，国分为三。

③秉：古量词，十六斗曰籔，十籔曰秉。

④惠王：魏惠王，前369—前319年在位。公孙鞅即商鞅，卫国人，故称卫鞅；姓公孙氏，故称公孙鞅。少好刑名，事魏相公叔痤，为中庶子。后入，为秦孝公变法，秦由是以强，封之商，号商君。孝公死，为贵族所杀。

【译文】

春秋郑国的列子名列御寇，初时家境贫寒，脸上常显饥饿之色。有门客告诉郑相国子阳说：『列御寇是个有道之士，在您的国居住却比较贫穷，您难道不好士吗？』子阳于是命令官吏给列子送去了几十秉粮食（一印斗为一秉）。送粮食的使者来到列子门前，列子出来后却再三地拜谢而不接受。使者走后，列子的妻望着离去的使者而拍着心口说：『人家都说有道的人，妻子儿女都能得以安逸快乐。现在你的妻子儿女脸上都带有饥色了，相国给你送粮食，你又不接受，难道不是命吗？』列子笑着告诉妻子说：『并非是相国自己知道我，他只是听了别人的话而送我粮食的。听人言而送我粮食，那么到他要加害于我时，也是会听人谗言的。这就是我不接受的道理。』其后，郑民果然作难，杀了子阳。接受人供养而不与其共难，是不义；与其共难，则是死于无道；死于无道，是叛逆。列子能够清除和避开不义和叛逆的名声，难道不是很有远见的吗！

【梦龙评】魏相公叔痤病重将死，他对惠王说：『公孙鞅年轻又有奇才，希望大王把国事托付给他。如果不能采纳建议，一定要杀了他，不要让他离境去往别国。』惠王答应他后，公叔痤又请公孙鞅来，向他谢罪说：『我先君王而后臣子，所以先为君王定谋略，然后才告诉你。如果大王没有把国事托付给你，你一定要赶快离开。』公孙鞅说：『如果国君不能采用你的话来任用我，又怎么会听你的话而杀我呢？』他最终还是没有离开。公孙鞅的话正好可以和列子的话相对照。

严辛早知严嵩灭

分宜严相[1]以正月二十八日诞，亭州刘巨塘令宜春，入觐时，随众往祝。祝后，严相倦，其子世蕃[2]令门者且合门。刘不得出，饥甚。有严辛者，严氏纪纲仆[3]也，导刘往间道过其私居，留刘公饭。饭已，辛曰：『他日望台下[4]垂目。』刘公曰：『汝主正当隆赫，我何能为？』辛曰：『日不常午，愿台下无忘今日之托！』不数年，严相败，刘公适守袁州[5]。辛方以赃二万滞狱，刘公忆昔语，为减其赃若干，始得戍。

【梦龙评】严氏父子智不如此仆，赵文华[6]、鄢懋卿[7]辈智亦不如此仆，虽满朝缙绅，智皆不如此仆也。

【注释】

①分宜严相：严嵩，分宜人。

②世蕃：严世蕃，号东楼，累官工部左侍郎。剽悍阴贼，然颇通国典。嵩耄昏，朝政一委世蕃。招权纳贿，贪利无厌，大治园亭，日纵淫乐。后斩于市，籍其家。

③纪纲仆：管家。

④台下：明时对一般官员也可称台，台下则是对他们的尊称。

⑤袁州：明时分宜县属江西袁州府。

⑥赵文华：嘉靖进士，官至工部尚书，性险贼，认严嵩为父。诬杀尚书张经方、浙江巡抚李天宠。后以失宠黜为民。

⑦鄢懋卿：嘉靖进士，累迁左副都御史，为严嵩父子所昵。总理盐政，所至市权纳贿。性奢侈。嵩败，被劾戍边。

【译文】

本朝人严嵩于正月二十八日诞辰，亭州刘巨塘当时任宜春县令，入宫时就随着众人去严府为严嵩祝寿。祝寿完毕，严嵩累了，儿子严世蕃命令下人把门关上。刘巨塘走不出来，饿得难忍。有位名叫严辛的人，是严家的管家，便带着刘巨塘走小路，来到他自己的住处，并留刘巨塘吃了饭。饭后，严辛说：『将来希望阁下多多关照。』刘巨塘说：『你的主人目前正是显赫的时候，我能帮助你做什么？』严辛说：『日头不会总是当午，希望阁下不要忘记我今日对您的嘱托。』

没过几年，严嵩事机败露，刘巨塘当时正担任袁州太守。严辛因为收受贿赂两万两银子下狱。刘巨塘想起当年严辛的嘱托，为他减低贿赂金额，严辛才被改判发配边地。

【梦龙评】严氏父子的才智不如这个仆人，赵文华、鄢懋卿等人的才智也不如这个仆人，即使满朝的官吏，其才智都不如这个仆人。

张公当官预衰败

东海张公世居草荡①，既任官，其家以城中为便，买宅于陶行桥。公闻而甚悔之，曰：『吾子孙必败于此！』

公六子，其后五废产。

【梦龙评】陈眉公曰：吾乡两张尚书：庄简公悦、庄懿公蓥②，宅在东门外龟蛇庙左。孙文简公承恩③，宅在东门外太清庵右；顾文僖公清④，宅在西门外超果寺前。当时与四公同榜同朝者，其居在城市中，皆已转售他姓矣，唯四公久存至今。信乎城市不如郊郭，郊郭不如乡村，前辈之先见，真不可及。

【注释】

①草荡：乡村，田野。

②庄简公悦：张悦，字时敏，明松江华亭县人，天顺进士，官至兵部尚书，卒谥庄简。张蓥（yíng）：字廷器，明松江华亭县人，正统进士。

③孙文简公承恩：孙承恩，字贞父，明松江华亭县人，正德进士，官累礼部尚书，卒谥文简。

④顾文僖公清：顾清，字士廉，明松江华亭县人，弘治进士，官累南京礼部尚书，卒谥文僖。

【译文】

东海张公世居田野。任官以后，家人认为住在城里比较方便，就在陶行桥附近买下住宅。张公听了很后悔，说：『我的子孙必定在此衰败。』

张公一共有六个儿子，结果有五个儿子将其家产挥霍殆尽。

【梦龙评】我家乡有两位张尚书，庄简公张悦、庄懿公张蓥的住宅在东门外龟蛇庙左侧，庄简公孙承恩的住宅在东门外太清庙右侧，文僖公顾清的住宅在西门外超果寺前。当时与他们四位同榜同朝住在城市中的人，房子都已转卖给别人，只有他们四位的房子还保留到现在。真的，城市不如郊区，郊区不如乡村，先辈的先见之明，我们真比不上他们。